08/02

Sanne de Bakker

Mozart – Ein Wunderkind auf Reisen

D1933632

cbj

Foto: © privat

DIE AUTORIN

Sanne de Bakker verbrachte ihre Kindheit in Amerika und England. Nach ihrem Creative-Writing-Studium an der Schrijversvakschool veröffentlichte sie ihren ersten Kinderroman, für den sie 2004 den Hotze-de-Roos-Preis als beste Nachwuchsschriftstellerin erhielt. In ihrem zweiten Roman »Mozart – Ein Wunderkind auf Reisen« verbindet sie ihre Leidenschaft fürs Schreiben mit ihrer anderen Passion – dem Klavierspielen.

Sanne de Bakker

Mozart

Ein Wunderkind auf Reisen

Aus dem Niederländischen
von Eva Schweikart

Mit Illustrationen
von Mark Janssen

cbj

cbj
ist der Kinder- und Jugendbuchverlag
in der Verlagsgruppe Random House

FSC
Mix
Produktgruppe aus vorbildlich
bewirtschafteten Wäldern und
anderen kontrollierten Herkünften

Zert.-Nr. SGS-COC-1940
www.fsc.org
© 1996 Forest Stewardship Council

Verlagsgruppe Random House FSC-DEU-0100
Das für dieses Buch verwendete FSC-zertifizierte Papier
München Super Extra liefert Arctic Paper Mochenwangen GmbH.

1. Auflage
Erstmals als cbj Taschenbuch Februar 2010
Gesetzt nach den Regeln der Rechtschreibreform
© 2006 für die deutschsprachige Auflage cbj Verlag,
München, in der Verlagsgruppe Random House GmbH
Alle deutschsprachigen Rechte vorbehalten
© 2004 Sanne de Bakker (Text) und Mark Janssen (Illustration)
Die niederländische Originalausgabe erschien 2004
unter dem Titel »De kleine Mozart op wereldreis«
bei Van Goor, Amsterdam
Aus dem Niederländischen von Eva Schweikart
Umschlagbild: Jürgen Rieckhoff
Innenillustrationen: Mark Janssen
Umschlaggestaltung:
Basic-Book-Design, Karl Müller-Bussdorf
MI · Herstellung: ReD
Satz: Uhl + Massopust, Aalen
Druck und Bindung: GGP Media GmbH, Pößneck
ISBN: 978-3-570-22107-5
Printed in Germany

www.cbj-verlag.de

Wolfgang wurde weder zum componieren, noch zum spielen gar niemals gezwungen, im Gegenteil musste man ihn immer davon abhalten, er würde sonst Tag und Nacht beim Klavier oder beim componieren sitzen geblieben sein.

NANNERL MOZART, 1792

1

»Wir gehen auf Weltreise!«

»Auf Weltreise?«, fragte der kleine Mozart ungläubig.

Das klang spannend! Weltreise ... was für ein abenteuerliches Wort!

Sein Vater sah ihn voller Stolz an. Er hatte die Hände vor dem Bauch gefaltet und seine Nasenhärchen zitterten leicht.

»So ist es!«, rief er fröhlich. »Mit Mama und Nannerl. Der Erzbischof* gibt mir tatsächlich frei. Wir werden in sehr vielen Städten auftreten: in Augsburg, Paris, Brüssel, Antwerpen. Überall! Dann wird die Welt dich, meinen genialen Sohn, endlich kennen lernen. Stell dir das nur mal vor: Ein siebenjähriger Junge namens Wolfgang Amadeus Mozart spielt mit verbundenen Augen fehlerfrei auf dem Cembalo*. Zu einer einfachen Melodie improvisiert* er die schwierigsten Variationen*. Und damit noch nicht genug: Er spielt auch noch Orgel und Geige, als hätte er seit seiner Geburt geübt!« Triumphierend klatschte der Vater in die Hände. »Du wirst die Welt erobern, Wolf! Zusammen mit deiner lieben Schwester Nannerl.«

Wolf schnappte nach Luft. Die Welt erobern? Er?

»Fahren wir auch nach Afrika?«, fragte er gespannt. Dorthin würde er nur zu gerne reisen. Wer weiß, vielleicht würde seine Musik dann sogar bei den Buschmännern berühmt.

»Nein, natürlich nicht. Afrika! Wie kommst du nur auf so was, Wolf?« Sein Vater lachte herzlich. »Wir reisen durch Europa!«

Auch gut, dachte Wolf. Europa war groß genug. Das hatte er schon bei ihrer Reise nach Wien gemerkt. Zuvor war Salzburg für ihn die Welt gewesen, der einzige Ort auf Erden. Erst als sie nach Wien fuhren, hatte er gemerkt, dass die Welt viel größer war, als er sich das vorgestellt hatte.

Während Wolf noch seinen Gedanken nachhing, erklang aus dem Flur ein munteres »Hallo!«. Es war Herr Schachtner, der Freund, mit dem sein Vater Leopold musizierte. Er war ein würdiger Herr mit strahlenden Augen.

Wolf rannte fröhlich auf ihn zu und gab ihm einen Kuss. Die Bartstoppeln piksten wie kleine Nadelstiche.

»Wir gehen auf Weltreise!«, rief er atemlos.

»Ich weiß, mein lieber Wolf. Ihr werdet berühmt!« Herr Schachtner strich Wolf durch das wirre blonde Haar und blieb mit dem Finger darin hängen. Wolf spürte, wie sich die Kopfhaut kurz spannte.

»Ihr werdet mir sehr fehlen!«

»Wo bleibt nur Andreas?«, fragte der Vater.

»Der kommt leider nicht. Er muss sich um seine kranke Mutter kümmern«, sagte Herr Schachtner.

Leopold seufzte enttäuscht. »Was soll dann aus unserem Trio* werden?«

»Wir können doch auch zu zweit spielen«, meinte Herr Schachtner. »Wir nehmen einfach ein anderes Stück.« Er strich sich über den Stoppelbart; was ein leise schabendes Geräusch erzeugte. »Wie wäre es mit der wunderbaren Violinsonate*, die …«

»Kommt nicht infrage!«, fiel ihm Leopold ins Wort. »Entweder spielen wir das Trio oder gar nicht.«

Ein kleines Lächeln glitt über Herrn Schachtners Gesicht. »Ein Trio, bei dem nur erste Geige und Altvioline* spielen, ist nicht zum Anhören.«

Minutenlang war es ganz still im Zimmer. Wolf spähte aus dem Fenster. Draußen war es dunkel, nur die Straßenlaternen verbreiteten einen sanften Schein. Bald würde er auf Weltreise gehen! Dann würde er sein freundliches Heimatstädtchen, das so hübsch zwischen Hügeln gebettet lag, verlassen. Und er würde von dem breiten Fluss, der Salzburg in zwei Hälften teilte, Abschied nehmen. Von den Liedern, die aus den Wirtshäusern erklangen. Und von seinem Zuhause, der Wohnung im dritten Stock des stattlichen Hauses in der Getreidegasse. Aber eines Tages komme ich wieder zurück, dachte Wolf, ganz bestimmt!

Und auf einmal hatte er die Lösung. »Papa?«, sagte er leise.

Leopold sah seinen Sohn irritiert an.

»Ich spiele die zweite Geige!« Erwartungsvoll sah Wolf zu seinem Vater auf. Er hielt den Atem an und biss sich auf die Lippe.

Leopold lachte. »Kleiner Scherzbold!«

Auch Herr Schachtner musste lachen. »Unser Wolf hat Humor«, gluckste er.

Wolf spürte einen Stich in der Magengrube. Seine Hände zitterten leicht. Er richtete sich auf und ballte die Fäuste so fest, dass die Armmuskeln schmerzten. »Ich meine es ernst!«

Der Vater lächelte nachsichtig. »Das geht nicht, Wolf. Das Stück ist viel zu schwierig. Dem bist du noch lange nicht gewachsen. Und nun geh und spiel mit deiner Schwester. Morgen musizieren wir beide wieder zusammen, versprochen.«

Nahm sein Vater ihn denn nicht ernst? Wolf war sich ganz sicher, dass er das Stück spielen konnte. Er hatte es schon oft gehört. So schwierig konnte das doch nicht sein!

»Los, geh zu Nannerl!«

Enttäuscht schlich Wolf davon. Im Grunde seines Herzens hatte er seinem Vater widersprechen wollen. Aber er hatte es sich verkniffen. Es hatte ja doch keinen Sinn, denn sein Vater konnte ziemlich unnachgiebig sein – das verriet schon sein entschlossener Blick.

Nannerl hatte gerade ihr Notenbuch vor sich und der Gänsekiel kratzte leise übers Papier. Wolf lief zu ihr hin und legte den Kopf auf das Buch. Er verdrehte die Augen und versuchte, auf seine Nasenspitze zu schauen.

»Weg da!«, rief Nannerl empört. »Was machst du denn mit meinem Lied?!« Und sie stupste ihn mit der Feder auf die Nase.

»Uaaah!«, schrie Wolf. Er hob den Kopf und besah die Noten, die Nannerl aufgeschrieben hatte. Dazwischen waren jetzt viele Tintenspritzer, die ein ganz anderes Stück daraus machten – ein Lied mit lauter falschen Tönen.

»Guck nur, was du angerichtet hast!«, schimpfte Nannerl. »Jetzt muss ich noch mal von vorn anfangen.«

»Ach je!«

Insgeheim aber musste Wolf lachen, denn es war ein zu ulkiges Lied geworden.

»Bitte vielmals um Verzeihung«, kicherte er.

»Wolfgang, komm rüber!«, hörte er seinen Vater aus dem Musikzimmer rufen. »Herr Schachtner hat mich überzeugt!«

Wolf flitzte ins Musikzimmer. Die Bodendielen knarrten und ächzten unter seinen flinken Schritten.

»Wolf!«, rief Nannerl ärgerlich.

»Hier hast du deine Geige«, sagte der Vater streng. »Aber spiel leise, damit die Nachbarschaft es nicht mitkriegt. Und nichts erzwingen, hörst du, das schadet nämlich deiner Spieltechnik!«

»Wolf!«, ertönte wieder Nannerls Stimme.

»Ich schreib's dir nachher neu! Versprochen!«, rief Wolf. Er klemmte sich die Geige zwischen Schulter und Kinn, legte seine kleinen Finger auf die Saiten und den Bogen auf die erste Note.

»Eins, zwei, drei«, zählte Herr Schachtner.

Mit ernster Miene strich Wolf die ersten Töne des Trios. Im Nu versank alles um ihn herum. Das Musikzimmer, sogar der Vater und Herr Schachtner. Wolf hörte den Regen nicht mehr ans Fenster trommeln, er hörte nur noch die Musik. Ganz warm wurde ihm innen drin und er meinte zu schweben. Er schwebte über die ganze Erde – eine Weltreise durch die Lüfte! Die Noten vollführten einen ausgelassenen Tanz. Und nun kam der schönste Teil: Wolf tauchte in ein Meer aus glitzernden, tönenden Perlen. Sie bildeten sanfte Wellen, die ihn trugen. Er brauchte gar nichts weiter zu tun, er ließ sich einfach treiben.

Dann strich Wolf die letzte Note. Er war außer Atem und wusste einen Moment lang kaum, wo er war.

Dann aber sah er seinen Vater fragend an. Hatte er seine Sache gut gemacht? Er selbst hätte es nicht sagen können, denn er war so sehr in der Musik aufgegangen, dass er nichts anderes mehr wahrgenommen hatte.

Mit gesenktem Kopf saß Leopold auf einem Schemel. Regungslos. Dann endlich blickte er auf.

Wolf sah Tränen. Ganz viele Tränen liefen über Papas Wangen. War er etwa traurig?

»Ich bin sprachlos«, murmelte Herr Schachtner.

Ein Lächeln überzog das Gesicht seines Vaters. »Wunderschön!«, sagte er leise.

»Dann kann ich ja in Zukunft Trios mit euch spielen!«, rief Wolf erleichtert. »Wenn wir von der Weltreise zurück sind!«

2

Juni 1763

»Mein lieber Wolfgang«, begann Herr Schachtner und beugte sich ein wenig vor. Seine Stimme war leise und klang etwas bedrückt.

Herr Schachtner war ein zurückhaltender, vornehmer Herr. Aber für den kleinen Wolf war er zu einem zweiten Vater geworden. Zu einem Vater, der immer für ihn eintrat. Und nun musste er von diesem lieben Freund Abschied nehmen. Auch von seinem Zuhause: von den knarrenden Bodendielen und den klappernden Fenstern, von dem würzigen Duft in der Küche und der Zugluft im langen Flur, von den Fliesen im Waschraum, auf denen man im Nu eiskalte Füße bekam, und von dem dunklen Fleck an der Esszimmerdecke, wo früher einmal Feuchtigkeit eingedrungen war. Von den Nachtwächtern, die bei Dunkelheit mit lauter

Stimme die Uhrzeit ausriefen. Von all dem musste er jetzt Abschied nehmen. Aber richtig traurig war Wolf eigentlich nicht, denn es ging ja in die weite Welt hinaus!

Herr Schachtner hob die Augenbrauen, wie er es immer tat. Er wirkte dann ein wenig besorgt, und es sah aus, als hätte er eine einzige lange Braue statt zwei einzelne.

»Mein lieber Wolfgang«, sagte er noch einmal. »Würdest du mir bitte ein letztes Mal deine Burleska* oder das selbst geschriebene Menuett* vorspielen?«

»Ja, Wölfchen. Das musst du tun!«, rief Nannerl stolz.

»Das Menuett?«, fragte Wolfgang.

Herr Schachtner nickte.

Wolf wusste genau, welches Stück gemeint war. Das Menuett hatte er kurz vor seinem sechsten Geburtstag geschrieben. Aus Freude darüber, dass er bald ein Jahr älter sein würde. Es war ein fröhliches Stück und leicht zu spielen.

»Spiel nur«, sagte die Mutter und sah ihn liebevoll an.

Wolf kletterte über die Gepäckstücke hinweg zum Cembalo am Fenster. In dem fast leeren Zimmer wirkte es ganz einsam und verlassen.

Auch die anderen Räume sahen nicht mehr bewohnt aus. Sämtliche Möbelstücke, bis auf das Cembalo, waren mit weißen Tüchern bedeckt. Wie in einem Geisterhaus, dachte Wolf.

Plötzlich sprang er mit einem Riesensatz über einen Koffer, rannte zum Schrank an der gegenüberliegenden Wand, zog das Tuch herunter und warf es sich über.

»Uaaah!«, brüllte er. »Ich bin ein Gespenst, das Cembalo spielen kann! Sonst kann ich nichts mehr, aber die Musik vergisst man nie!«

Nannerl musste lachen, als sie ihren kleinen Bruder im Gespensterkostüm sah.

Mit vorgestreckten Armen tastete sich Wolf zum Cembalo. Er legte die Finger auf die Tasten.

Von draußen drang der Ruf eines fliegenden Händlers* ins Zimmer: »Nie mehr zu spät! Immer pünktlich! Kommt her und schaut es euch an! Uhren zu Sonderpreisen!« Die Stimme des Händlers klang wie ein Reibeisen.

Wolf kannte das Menuett auswendig. Ein kleiner Hüpfer und dann zweimal die gleiche Note. Und noch mal. Und noch mal… Es war wie ein Wettstreit zwischen ihm und Nannerl, den er unbedingt gewinnen wollte.

Und dann schlug Wolf die letzte Note an. Für die nächste Zeit die letzte auf diesem Instrument. Sie hatte einen eigenartigen Klang, denn sie bedeutete Abschied. Für wie lange wohl?

Alle klatschten Beifall. Wolf warf das Tuch von sich.

In diesem Moment kam Sebastian Winter ins Zimmer, der holländische Knecht, der ihn und seine Familie auf ihrer Reise begleiten sollte und für Gepäck, Kutsche und Pferde zuständig war.

Höflich wandte sich Sebastian an Wolfs Vater. »Ist es erlaubt?« Er deutete auf die gepackten Koffer und Kisten.

Leopold nickte.

»Hier ist das Geld«, sagte Herr Hagenauer, der Hausbesitzer. Er war vor einer Weile, von Wolf unbemerkt, ins Zimmer gekommen und reichte nun dem Vater einen Umschlag.

»Wie ist es mit den Zinsen?«, fragte Leopold.

»Es ist in Ordnung so. Betrachten Sie es als einen Freundschaftsdienst. In ein paar Jahren bekomme ich es ja wieder.«

»Ein paar Jahre?«, riefen Wolf und Nannerl wie aus einem Mund.

»Gehen wir denn für so lange weg?«, fragte Wolf beklommen.

Seine Mutter kniete sich neben ihn, strich ihm übers Haar und sagte: »Das wissen wir noch nicht so genau. Aber mach dir keine Sorgen, mein Schatz. Bevor du dichs versiehst, sind wir wieder in Salzburg. Und außerdem sind wir ja immer alle zusammen.«

Wolf nickte zögernd. Ein paar Jahre, das schien ihm doch sehr lange.

Sein Vater klopfte ihm auf die Schulter. »Aus dir wird etwas ganz Großes, Wolfgang. Stell dir nur vor, demnächst bist du berühmt! Und jetzt lasst uns gehen.«

3

»Sind wir bald da?«, fragte Wolf. Sie hatten schon zwei anstrengende Tage in der Kutsche hinter sich.

Die Mutter strich ihm lachend über den Kopf. »Nicht so ungeduldig, mein Schatz. Noch einen Tag sind wir unterwegs, dann dürften wir wohl in München sein.«

Eigentlich war es Hochsommer, aber den Himmel schien das nicht zu kümmern. Er schickte einen Regenguss nach dem anderen. Zudem pfiff ein kalter Wind durch die Sträucher und Bäume.

Inzwischen war es Abend geworden und Sebastian hielt Ausschau nach einer Herberge. Wolf fror trotz der zwei Strickjacken, die er übereinander trug. Und sein Hinterteil schmerzte vom langen Sitzen.

Tief in seinem Innern aber hörte er Musik, und es tat ihm Leid, dass er sie nicht aufschreiben konnte, denn die Kutsche rumpelte über Stock und Stein. Ein klein wenig sehnte er sich nach Hause. Wie gern hätte er jetzt in seinem Bett gelegen, dessen Laken so fein nach Seife dufteten. Aber dann dachte er schnell wieder an die spannende Reise und an seine künftigen Auftritte.

Die Mutter legte ihm die Hand auf die Schulter. »Wölfchen, du schaust so ernst drein. Hast du was?«

Wolf schüttelte den Kopf. »Nein, nein. Es ist nichts.«

Der Vater tätschelte das Knie der Mutter. »Der Junge ist ein bisschen müde. Lass ihn nur.«

Nannerl setzte sich kerzengerade hin. »*Ich* bin überhaupt nicht müde!«, behauptete sie. Sie zwinkerte ihrem Bruder zu und schaute dann aus dem Fenster.

Der Regen legte sich wie ein grauer Schleier über die Landschaft und trommelte so laut aufs Kutschendach, dass er das Klackern der Pferdehufe übertönte. Es war ein eintöniges Geräusch mit wenig Rhythmus. Aber trotzdem: Auch daraus ließ sich etwas machen. Eine Verfolgungsjagd vielleicht, dachte Wolf: Zwei Männer rennen durch die Stadt, und erst wenn der eine den anderen gefangen hat, kann sich das Tempo ändern, langsamer werden und schließlich mit schweren Tönen ausklingen.

Wolf musste lächeln. Er hatte das Stück bereits fertig im Kopf: ta da da da da da da da …

Draußen war es inzwischen stockfinster geworden, da tauchten in der Ferne zwei Lichter auf. Beim Näherkommen zeigte sich, dass es zwei Laternen waren. Sie standen vor dem Eingang zu einer Herberge mit einem hübschen vergoldeten Schild.

Sie betraten das Haus. Durch die Tür zur Küche sah Wolf einen Holztisch mit Bratenplatten. Und einen großen Herd mit Kupfertöpfen, aus denen wohlriechende Dampfwölkchen stiegen.

Der Wirt wies Wolf und seiner Familie ein geräumiges Zimmer zu; Sebastian bekam eine eigene Kammer. Im Zimmer der Mozarts standen zwei breite Alkoven* mit karierten Vorhängen, die sich im Luftzug leise bewegten.

»Wolf«, sagte sein Vater und setzte sich auf die Bettkante. Wolf war bereits unter die Decke geschlüpft, die nach frischem Heu roch. Er fror so sehr, dass er glaubte, ihm würde nie mehr richtig warm.

»Weißt du noch, was ich dir heute Nachmittag erklärt habe?«

Wolf nickte.

»Und?«

Eigentlich war Wolf zu müde. Seine Arme und Beine fühlten sich bleischwer an. Aber er wollte den Vater nicht enttäuschen. »Auf dem Pianoforte* kann man harte und weiche Töne anschlagen«, begann er zu wiederholen. »Pianissimo bedeutet ganz leise«, fuhr er flüsternd fort und sagte dann etwas lauter: »Piano heißt leise. Und forte bedeutet laut!«, rief er und schrie schließlich: »Und fortissimo …« Auf einmal wurde ihm schwindlig. Er seufzte tief. »Papa, ich kann nicht mehr.«

Leopold strich ihm über den Kopf. »Schon gut, mein Junge. Morgen machen wir weiter. Singen wir noch unser Gutenachtlied?«

Nannerl setzte sich zu ihrem Vater auf die Bettkante. Wolf hatte sich die Decke über den Kopf gezogen, bis zum Kinn.

»Du siehst aus wie eine alte Oma!«, kicherte Nannerl.

Und dann sangen sie: »O ragnia fia ga-ta fa marina gamina fi fa fu!«

Dieses Lied sangen sie jeden Abend vor dem Schlafengehen. Wolf hatte es sich selbst ausgedacht. Die Melodie und auch den Text. In einer Sprache, die es nicht gab. Oder vielleicht gab es sie doch: Es waren italienische Worte, die er aneinander gereiht hatte, und sie bedeuteten, wie der Vater einmal gesagt hatte, in etwa »Der Sturm schüttelte den Feigenbaum am Meeresstrand. Ein Kind schaute zu«.

Als sie zu Ende gesungen hatten, gab Wolf seinem Vater einen Kuss auf die Nasenspitze. »Papa?«

Sein Vater sah ihn fragend an.

»Später, wenn du einmal alt bist, dann stecke ich dich in einen großen Kasten. Mit einer Glaswand davor. Darin bewahre ich dich dann gut auf. Ich beschütze dich und trage dich immerfort mit mir herum«, murmelte Wolf, bevor er langsam einschlief, noch das allmählich leiser werdende Gemurmel aus dem Schankraum* unten im Ohr. Sein eines Bein zuckte, als würde er über etwas stolpern. Einen Moment lang war er wieder wach, sank dann aber gleich wieder in einen tiefen Schlaf.

4

Der Knabe, der noch keine sieben Jahre alt ist, wird nicht nur Konzerte auf dem Flügel oder Klavier, sondern auch ein Konzert auf der Violine* spielen. Zudem wird er bei Symphonien* auf dem Klavier begleiten, die Tastatur mit einem Tuch gänzlich verdeckt, und auf dem Tuch so gut spielen, als ob er die Klaviatur vor Augen hätte. Er wird ferner aus der Entfernung alle Töne, die man einzeln oder in Akkorden* auf dem Klavier oder auf allen nur denkbaren Instrumenten, Glocken, Gläsern, Uhren usw. zu spielen imstande ist, genauestens benennen. Zuletzt wird er nicht nur auf dem Flügel, sondern auch auf einer Orgel, solange man zuhören will, und aus allem, auch den schwersten Tönen, die man ihm benennen kann, aus dem Kopf fantasieren*.*

Wolf und Nannerl beugten sich über die Augsburger Zeitung und lasen atemlos, was ihr Vater hatte drucken lassen.

»Und was ist mit mir?«, fragte Nannerl beleidigt.

Leopold deutete auf die letzten Zeilen: Da stand, dass zwei Wunderkinder aus Salzburg auftreten würden.

»Ich bin doch aber bald acht!«, warf Wolf gekränkt ein.

Leopold strich ihm über den blonden Schopf. »Wölfchen, du bist so klein. Die Leute glauben ohne weiteres, dass du ein Jahr jünger bist.«

»Aber wozu soll das gut sein?«, rief Wolf.

Die Mutter lachte. »Nun, mein Junge. Dein Vater meint damit, dass das Publikum noch begeisterter ist, wenn du ein wenig jünger bist.« Im nächsten Moment biss sie sich auf die Lippe, als hätte sie etwas Falsches gesagt.

Der Vater warf ihr einen verärgerten Blick zu. Sie drehte sich um und machte sich wieder ans Kleiderwaschen. Sie kniete vor einer Schüssel und drückte und knetete die Wäsche. Dabei erklangen Schmatzlaute, die Wolf scheußlich fand. Er stellte sich ein abgrundtief hässliches Ungeheuer vor, das einen ekligen Glibberbrei in sich hineinschlürfte. »Kommt Kinder, wir gehen!«, sagte Leopold.

Draußen gurrten die Tauben. Die Bäche, die sich durch die Stadt zogen, glitzerten in der Sonne. Auf dem Wollmarkt gegenüber der Pension ging es hoch her: Überall saßen Frauen an ratternden Spinnrädern und drehten eifrig Wollfäden. Die fertigen Knäuel wurden ordentlich aufgeschichtet an Ständen zum Kauf feilgeboten.

Leopold steuerte auf den Dom zu. Der prachtvolle Bau hatte Fenster mit kunstvollen Glasmalereien. Als Wolfs Vater die schwere Bronzetür hinter ihnen schloss, erklang ein dumpfer Hall in der Kirche, der nur langsam verebbte.

Sie betraten einen kleinen Raum gleich neben dem Eingang. Über einem Holztisch hing dort ein Bildnis der Jungfrau Maria, die milde auf sie herabzublicken schien. Ein leicht muffiger Geruch, wie er häufig in alten Kirchen zu finden ist, stieg Wolf in die Nase.

Die Geräusche aus dem Kirchenschiff ließen darauf schließen, dass sich dort eine Menge Leute versammelten: Die Schritte auf dem Steinfußboden und das Raunen der Menge schallten von den Wänden zurück.

Wolf wurde langsam unruhig. Jeder einzelne Muskel seines Körpers war angespannt. So erging es ihm oft vor Konzerten. Den Tag über war er heiter und unbeschwert, aber kurz vor seinem Auftritt schlug ihm dann das Herz plötzlich bis zum Hals. Das gab sich erst, wenn er die erste Note gespielt hatte – dann verschwand das Publikum um ihn herum.

Sein Vater nahm eine Dose aus seiner Ledertasche, schraubte sie auf und stäubte mit einer Quaste weißen Puder auf Wolfs und Nannerls Haar.

»Hatschi!« Wolf kniff die Augen zu. Als er sie wieder aufmachte, sah er Puder um sich herum zu Boden rieseln. Sein Haar war jetzt schneeweiß.

Es klopfte. Der Sekretär des Bischofs von Augsburg

schaute herein. Er hatte einen verkniffenen Mund und winzig kleine Augen.

»Das Konzert kann beginnen«, zischelte er.

Schnell klopfte Nannerl den Puder von ihrer und Wolfs Kleidung.

Die Kirche war voller fremder Leute, die Nannerl und Wolf mit großen Augen anstarrten. Überall brannten Kerzen, deren Flammen in der Zugluft tanzten. Langsam verstummte das Murmeln, und die Leute hörten auf, mit den Füßen zu scharren.

Wolf spürte ein Kribbeln, das ihn nur noch nervöser machte. All die vielen Augen kamen ihm vor wie Finger, die nach ihm griffen, ihn aber gerade so *nicht* berührten – es war, wie wenn Nannerl mit ihren Fingern Kitzelbewegungen machte, ohne ihn wirklich zu kitzeln.

Der Vater setzte sich in die erste Bank, gleich neben den Bischof, der eine rotsamtene Robe* mit goldenen Stickereien trug.

Hand in Hand traten Wolf und Nannerl vor das Publikum. Donnernder Applaus erklang. Die beiden verbeugten sich tief. Dann setzte Nannerl sich ans Cembalo und schon tanzten ihre geschmeidigen Finger über die Tasten. Dann war es einen Moment lang still, bevor Wolf die ersten Noten auf seiner Geige strich, nun setzte Nannerl wieder ein, und sie spielten ihr Duo*. Wolf stellte sich schelmische Engelchen mit Pausbacken vor, die durch die Kirche flogen. Hin und her und auf und ab. Sie kicherten und gluckston vor Vergnügen.

Und dann herrschte Stille. Eine so atemberaubende Stille, dass man die Spannung mit Händen greifen konnte.

Im nächsten Moment erhoben sich die Zuschauer von ihren Plätzen und jubelten und klatschten. Wie ein heftiger Hagelschauer klang der Applaus und wurde von den hohen Wänden vielfach zurückgeworfen.

Stolz trat Leopold nach vorn. Wolf setzte sich ans Cembalo und der Vater verband ihm die Augen. Das Tuch saß so fest, dass er nicht einmal mehr blinzeln konnte. Um ihn herum war alles stockdunkel. Mit den Fingern suchte er die Tasten. Sie fühlten sich kühl und glatt an. Wolf wusste ganz genau, wo die Töne lagen: Da war das eingestrichene C, der Ausgangspunkt der musikalischen Reise über die Tasten.

Er spielte ein Stück mit schnellem Rhythmus und langsameren, verträumt und geheimnisvoll klingenden Teilen dazwischen. Wolf hörte die Töne nicht nur, er spürte sie auch, wie immer wenn er nichts sehen konnte. Er spielte dann mehr mit dem Herzen als mit den Händen.

Wieder folgte donnernder Applaus der Darbietung.

Das Konzert dauerte eine volle Stunde. Wolf und Nannerl improvisierten auf dem Cembalo, Nannerl sang ihre Lieblingskantate* von Johann Sebastian Bach und Wolf begleitete sie auf der Kirchenorgel. Die vollen Töne des riesigen Instruments drangen in jeden Winkel der Kirche.

Wolf fühlte sich weit weg von allem – das Publikum existierte für ihn nicht mehr. Nur noch die Musik war da und das Gefühl unendlichen Glücks.

Wieder brach Applaus los.

»Ein Wunder!«, ertönte es aus dem Publikum.

Wolf zupfte nervös an seiner Jacke.

Da trat der Bischof nach vorn und überreichte ihm ein Geschenk. Es war eine kleine Schachtel. Wolf machte sie auf und sah, auf roten Samt gebettet, einen goldenen Ring mit funkelnden Edelsteinen besetzt.

Es war ruhig und dunkel auf der Straße, als sie zu ihrer Unterkunft gingen. Leopold wandte sich an seinen Sohn: »Gib mir den Ring, Wolf. Ich bewahre ihn auf. Für später, wenn du groß bist.«

Wolf musste lachen. »Den kannst du ruhig der Mama schenken. Ich trage ihn ja doch nicht. Ringe sind Weiberkram!«

»Pssst!«, machte der Vater und sah sich peinlich berührt um. Er befürchtete offenbar, der Bischof ginge hinter ihnen.

Nannerl kicherte.

»Du kannst ihn auch haben«, sagte Wolf großzügig.

»Nein, danke«, meinte Nannerl. »Das ist nichts für mich.«

»Das ist ein sehr kostbarer Ring, Kinder«, erklärte Leopold. »Wenn wir für jeden Auftritt außer den Eintrittsgeldern ein solches Geschenk bekommen, sind wir bald steinreich. Ich bin stolz auf euch, ihr habt eure Sache gut gemacht!« Er legte Nannerl und Wolf den Arm um die Schultern. »Morgen wartet eine feine Überraschung auf euch!«

5

Nach einer unruhigen Nacht wurde Wolf in aller Frühe wach. Die Überraschung! – das war sein erster Gedanke. Überraschungen fand er ebenso spannend wie Geheimnisse. Sie machten ihn so kribbelig, dass es ihn am ganzen Körper juckte.

Er war in der Nacht ein paarmal aufgewacht und hatte sich lange im Bett herumgewälzt, bis er wieder schlafen konnte. Jetzt aber hielt er es nicht mehr aus. Er warf die Decke von sich und tapste über den Holzboden zum Alkoven seiner Eltern. Ungeduldig zupfte er seinen leise schnarchenden Vater am Nachthemdärmel.

»Mmmmm?«, brummte Leopold und sah Wolf verschlafen an.

»Die Überraschung!«, half ihm Wolf auf die Sprünge.

Der Vater seufzte tief. »Nur noch ein Viertelstündchen …«, murmelte er und machte die Augen wieder zu.

Kurz darauf stand auch Nannerl an seinem Bett. »Papa, die Überraschung!«, rief sie. »Du hast es versprochen!«

Stöhnend drehte Leopold ihnen den Rücken zu.

Wolf zog ihm das Kopfkissen weg und warf es gegen seinen Rücken, dass die Federn nur so stoben. Nannerl rüttelte und schüttelte ihren Vater: »Die Überraschung! Wo bleibt die Überraschung?«

Es machte solchen Spaß, ihren Vater zu necken! Wolf und Nannerl mussten kichern, bis sie sich ganz schlapp fühlten.

Ihre Mutter schlug die Augen auf. Sie lächelte noch ein wenig abwesend, als wäre sie gerade aus einem wunderbaren Traum erwacht, in dem sie über eine Wiese mit Gänseblümchen und bunten Schmetterlingen gegangen war.

»Guten Morgen, ihr Lieben«, sagte sie leise.

Wolf und Nannerl umarmten ihre Mutter stürmisch.

Leopold räusperte sich. »Also gut, hört her«, sagte er mit rauer Stimme.

Wolf hielt den Atem an.

»Heute kaufen wir ein Reiseklavier!«

»Ein Reiseklavier?«, riefen Wolf und Nannerl im Chor.

Leopold nickte. »Darauf könnt ihr spielen, wann immer ihr wollt.« Er schwieg einen Moment. »Außer in der Kutsche natürlich.«

Wolf jauchzte vor Freude. Das war ja herrlich! Am liebsten wäre er zur Vorhangstange hochgeklettert, um daran wie ein Äffchen wild hin und her zu schaukeln.

Nun musste er nicht mehr warten, bis sie ein Konzert gaben, nun konnte er Klavier spielen, wann immer er wollte! Und falls er während der Reise Zeit zum Komponieren* fand, konnte er das neue Stück gleich seiner Mutter vorspielen!

Ein heftiger Blitz folgte auf den anderen und gewaltige Donnerschläge erschütterten den Boden.

Wolf und seine Familie saßen in ihrer Kutsche, samt all ihrem Gepäck. Sie waren unterwegs zum Klavier- und Orgelbauer Andreas Stein. Das graue Gebäude einer Baumwollspinnerei neben der Straße wurde gespenstisch von einem Blitz erleuchtet. Dann hatten sie endlich den Jakobertorplatz erreicht, an dem sich ein großes Haus mit efeubewachsenen Mauern erhob.

»Hier ist es!«, rief Leopold Sebastian zu.

Auf Leopolds Klopfen öffnete sich knarrend eine Luke in der Tür und ein hellblaues Augenpaar musterte sie neugierig. Dann wurde die Tür geöffnet.

Das Gesicht des Mannes war so runzlig wie eine Walnussschale, der lebhafte Blick aber ließ ihn jünger erscheinen. Ernst nickte der Meister ihnen zu.

»Mir nach!«, brummte er nur.

Sie gingen durch Flure mit Spinnweben, die fast so groß waren wie Hängematten und sich sacht im Luftzug bewegten.

Im hinteren Teil des Hauses befand sich die Werkstatt des Meisters, ein Raum mit einer enorm hohen Decke. Dort stand eine große Kirchenorgel, die noch nicht ganz fertig gebaut war. Die Orgelpfeifen ragten bereits eindrucksvoll in die Höhe, das Pedal aber war noch nicht angebracht.

Zu schade, dachte Wolf, der die Orgel gern ausprobiert hätte.

»Das ist es, nicht wahr?«, fragte Leopold.

Wolf folgte seinem Blick und sah ein hübsches kleines Klavier aus dunklem Holz. Es hatte dünne Beine, und seine schwarzen und weißen Tasten schimmerten im Schein der Kerze, die Herr Stein in der Hand hielt.

Wolf juckte es in den Fingern – am liebsten hätte er sich sofort auf das Klavier gestürzt.

»Möchten Sie zur Probe darauf spielen?«, wandte sich Herr Stein an Leopold.

»Wolfgang, lass mal etwas hören!«, sagte dieser.

Und die Mutter fügte hinzu: »Ein selbst geschriebenes Stück, ja?«

»Mach schon«, drängte Nannerl. Ihre Stimme klang ein wenig enttäuscht; wahrscheinlich hätte sie gern als Erste auf dem Instrument gespielt.

Wolfs Herz machte einen Sprung. Wie spannend das alles war! Er lief zu dem Klavier und legte die Finger auf die Tasten. Sie waren nicht ganz glatt, fühlten sich aber gut an.

Dann spielte er eines seiner Stücke: seine Burleska (2), die er schon eine ganze Weile im Kopf, aber noch nicht aufgeschrieben hatte. Die Melodie plätscherte so munter wie die vielen Bächlein in Augsburg.

Das kleine Klavier klang schön, wenn auch nicht so voll, wie Wolf es gewöhnt war. Aber die Aussicht, von nun an öfter spielen zu können, begeisterte ihn, denn genau das hatte ihm bei seiner letzten Reise am meisten gefehlt.

Kaum hatte Wolf die letzte Note angeschlagen, trat auch schon Herr Stein neben ihn. Erstaunt fragte er: »Hast du dir das Stück tatsächlich selber ausgedacht?«

Wolf nickte. So etwas Besonderes war das nun auch wieder nicht.

»Unglaublich!« Herr Stein war völlig perplex.

Als sie kurz darauf wieder in der Kutsche saßen, umarmte Wolf seinen Vater. »Du bist der liebste Vater von der ganzen Welt und von allem, was es sonst noch geben mag!«, rief er glücklich.

6

Rechnen war eines von Wolfs Lieblingsfächern. Es war eigentlich mehr eine Art Spiel. Wenn er die richtige Lösung fand, war das jedes Mal, als hätte er einen Sieg errungen. Aber heute hatte er genug Rechenaufgaben gelöst, und er hatte keine Lust mehr, weiter zu üben.

Ein heftiger Windstoß riss die welken Blätter von den Bäumen. Es war alles andere als ein Vergnügen, in der herbstlichen Kälte eine so weite Kutschfahrt zu machen. Wolf war völlig durchgefroren. Er begann zu schniefen und seine Augen tränten.

»Zwölf geteilt durch zwei mal sechs?«, fragte Leopold.

Na gut, das war nicht weiter schwierig. »Sechsunddreißig«, sagte Wolf müde.

»Sechsunddreißig!«, rief auch Nannerl.

»Ich war aber Erster!«

Leopold legte beschwichtigend die Hand auf Wolfs Knie. »Neun mal acht geteilt durch sechs?«, fuhr er fort.

Das war komplizierter. Die Rechenstunde zog sich schon so lange hin, und wenn sein Vater jetzt auch noch so schwierige Aufgaben stellte… Wolf war schwindlig. Die Zahlen purzelten in seinem Kopf regelrecht durcheinander und er gab auf.

»Zw… zw…«, machte Nannerl, um ihn aufzuziehen.

»Lass mich in Ruhe! Ich weiß es nicht!«

»Zwölf«, sagte Nannerl.

»Ich mag nicht mehr«, brummelte Wolf. Er war wütend. Und außerdem müde. Müde von den vielen Konzerten, die sie gaben. So schön es war, vor Publikum zu spielen, es war doch auch sehr anstrengend. Immer wieder freundlich lächeln, immer wieder ein Stück nach dem anderen spielen. Alles immer wieder aufs Neue. Inzwischen waren sie in Mainz gewesen, in Frankfurt, Koblenz und Bonn, Aachen und Lüttich. Überall hatten sie Konzerte gegeben, manchmal sogar zwei an einem Tag.

»Hu-hu!«

Wolf zuckte zusammen.

Nannerls Hand lag auf seinem Knie. »Weißt du noch, wie viel Spaß du schon am Rechnen gehabt hast, als du noch ganz klein warst?«

Ja, das wusste Wolf noch sehr gut. Schon als Fünfjähriger hatte er zählen gelernt: von eins bis zehn und noch weiter. Sein Vater hatte ihm damals einfache Rechenaufgaben gestellt. Und eines Tages hatte er ein Stück Kreide aus einer Küchenschublade stibitzt und überall Zahlen hingeschrieben: auf den Fußboden, auf die Stühle und den Tisch, sogar an die Wände.

Wolf spürte ein Ziehen in seiner Brust. Er starrte vor sich hin, ohne etwas zu sehen. Das Getrappel der Pferdehufe erklang von weit her, wie in einem Traum. Auf einmal hatte Wolf einen dicken Kloß im Hals. Salzburg – das Städtchen fehlte ihm so sehr! Er sah die Wände vor sich, an denen noch schwach die Zahlen standen, weil sie beim Putzen nicht ganz abgegangen waren. Sein geräumiges Zimmer mit der schön verzierten Decke. Die Bodenfliesen in der Küche, von denen jede, wenn man genau hinsah, einen anderen Braunton hatte. Wolf hatte sich ein geheimes Spiel ausgedacht: Wenn er es beim Herumspringen schaffte, nur auf die dunklen Fliesen zu treten, dann ging ein Wunsch in Erfüllung. Wolf wünschte sich jedes Mal etwas anderes. Einmal, dass er nicht mehr früh schlafen gehen musste, ein andermal, dass er später ein so großer Komponist würde wie Johann Sebastian Bach.

Das Komponieren fehlte ihm auch sehr. Und natürlich das Musikzimmer und Herr Schachtner. Der Glockenklang von der nahen Kollegienkirche.

Der würzige Duft, der die Küche erfüllte und aus der Spezereienhandlung* von Herrn Hagenauer wehte. Der knarrende Holzfußboden mit der einen losen Bohle. Alles! Ihm fehlte einfach alles! Schon seit Wochen war dieses Gefühl ganz tief in ihm drin verborgen gewesen. Aber nun kam es auf einmal an die Oberfläche und überflutete ihn regelrecht.

Wolf lief erst eine Träne über die Wange, dann noch eine und dann gab es kein Halten mehr, und er begann, herzzerreißend zu schluchzen. Er zitterte am ganzen Leib.

»Was hast du denn nur, mein armer Schatz?«, fragte seine Mutter sanft und legte den Arm um ihn.

Aber Wolf brachte kein Wort hervor. Traurige Gedanken überschwemmten ihn, wie pechschwarze Noten, die eine düstere Musik ergaben. Eine Art Trauermarsch aus dunklen, tiefen Tönen. Wolf sah die schmutzigen, zugigen und feuchten Herbergen vor sich, in denen sie Tag für Tag übernachten mussten. Und jeden Tag hieß es wieder aufbrechen, ständig unterwegs sein, nirgendwo zu Hause sein.

Zudem juckten die Flohbisse an Armen und Beinen grässlich. Aber je mehr Wolf kratzte, desto schlimmer wurde es. Auf einmal verspürte er eine unbändige Sehnsucht nach seinem eigenen Bett in der Getreidegasse.

Nannerl nahm seine Hand in die ihre. Unsicher fragte sie: »Hab ich was Falsches gesagt?«

»Wolfgang!«, fuhr Leopold dazwischen. »Stell dich nicht so an! Nur weil du eine Rechenaufgabe nicht lösen kannst, fängst du zu heulen an! Und so was will ein Wunderkind auf Weltreise sein!«

Wolf erschrak. Durch einen Tränenschleier sah er seinen Vater nur als Schattenriss.

»Nun lass ihn doch«, beschwichtigte seine Mutter. Sie

hatte noch immer den Arm um Wolf gelegt. Ihre Hand fühlte sich an seiner tränennassen Wange samtweich an.

»Nein!«, rief Leopold wütend. »Ich dulde nicht, dass er sich wie ein verzogenes Balg benimmt! Er kriegt alles, was er will. Jedes andere Kind würde ihn beneiden. Wir haben ihm sogar extra ein Reiseklavier gekauft, damit er jederzeit üben kann. Und das soll nun der Dank sein?« Er wandte sich an Wolf und sagte barsch: »Schluss mit dem Theater, verstanden!«

Wolf setzte sich kerzengerade hin. Er schluckte die Tränen hinunter und wagte nicht mehr, sich zu rühren. Und schon gar nicht zu weinen, vor lauter Angst, sein Vater würde ihm sonst eine Ohrfeige geben.

»Genug geheult!«, knurrte Leopold. »Jetzt geht es auf nach Paris! Dort hat man für Heulsusen nichts übrig!«

7

Ein Kapellmeister aus Salzburg mit Namen Mozart ist hier kürzlich mit zwei Kindern von allerliebstem Anblick eingetroffen. Seine elfjährige Tochter spielt hinreißend Klavier; sie bewältigt die längsten und schwierigsten Stücke mit staunenswerter Sicherheit. Ihr Bruder, der im nächsten Februar sieben Jahre alt wird, ist ein so ungewöhnliches Wunderkind, dass man kaum glauben kann, was man mit seinen Augen sieht und mit seinen Ohren hört. Es fällt diesem Kind nicht schwer, mit größter Sicherheit die schwierigsten Stücke zu spielen, mit Händen, die kaum eine Sexte greifen können; geradezu unglaublich ist es, ihn eine Stunde lang aus dem Kopfe spielen und sich der Eingebung seines Genies und der Menge entzückender

Einfälle überlassen zu sehen, die er zudem geschmackvoll und geordnet aufeinander folgen zu lassen weiß. Mühelos liest er alle Noten, die man ihm vorlegt; er komponiert mit wunderbarer Leichtigkeit, ohne zum Klavier zu gehen und seine Akkorde suchen zu müssen … Sie können sich denken, dass es ihm gar nichts ausmacht, die Melodie, die man ihm vorlegt, in jede gewünschte Tonart zu transponieren und dann zu spielen … Dieses Kind wird mich bestimmt noch närrisch machen, wenn ich es öfters höre.* Melchior Grimm

Wolf seufzte tief. Sein Zeigefinger lag noch auf der letzten Zeile. Innerlich glühte er, als hätte er einen großen Löffel heiße Suppe zu schnell geschluckt. Er war wütend! Aber er wusste nicht so recht, wie er das erklären sollte, ohne seinem Vater die gute Laune zu verderben.

»Zufrieden?«, fragte sein Vater.

Nein, Wolf war höchst unzufrieden!

»Nun?«, drängte Leopold.

»Ich bin schon fast acht«, murmelte Wolf. Einerseits hoffte er, sein Vater würde den Einwand überhören, andererseits wusste er aber auch, dass er es dann noch einmal sagen würde. Und zwar laut!

»Mein lieber Wolf«, sagte der Vater. »Über dieses Thema wollen wir jetzt nicht sprechen, denn gleich kommt Melchior Grimm, und er soll nicht merken, dass du verärgert bist. Dank ihm wird sich die Kunde von unserem Erfolg nämlich wie ein Lauffeuer verbreiten.«

Die Mutter drückte Wolfs Arm und sah ihn verständnisvoll an. Als wollte sie sagen: Ich finde es auch dumm, dass du ständig jünger gemacht wirst. Aber sie sagte kein Wort, nur ihre Augen signalisierten ihrem Mann, was sie dachte.

Seit Mitte November waren sie nun in Paris, dieser unendlich großen Stadt. Im Hotel Beauvais hatten sie eine schlichte Unterkunft gefunden, aber mit Zimmern, die eine schöne Aussicht boten. Die Zimmer auf der Vorderseite gingen auf eine schmale Straße mit so hohen Häusern, dass man kaum den Himmel sah. Wolf und seine Familie blickten dagegen auf einen hübschen Gartenhof mit einem Goldfischteich und einer Laube. Im Hotel selbst war alles grün: die Wände, die Vorhänge, die Nachttische, einfach alles.

Leopold hatte große Pläne: Er wollte mit seiner Familie eine ganze Zeit lang in Paris bleiben und Konzerte geben, denn dank Melchior Grimm würden sie gewiss rasch bekannt werden. Er war der Herausgeber einer literarischen Zeitschrift und hatte darin gleich nach ihrer Ankunft einen lobenden Artikel veröffentlicht. Inzwischen hatten sie ihn schon häufiger getroffen. Grimm kannte Paris wie seine Westentasche und zeigte den Mozarts bereitwillig alle Sehenswürdigkeiten.

Wann immer Wolf die beim Sprechen lebhaft gestikulierenden Franzosen beobachtete, hörte er Musik im Kopf. Ein

Auf und Ab von Tönen, so schnell, dass sie fast übereinander purzelten. Hoffentlich würde er die Melodie bald aufschreiben können! Manchmal konnte Wolf die Musik, die in seinem Kopf herumspukte, lange nicht zu Papier bringen, weil sie so kompliziert war. Das machte ihn ganz kribbelig.

Ein Menuett allerdings hatte er inzwischen komponiert und er spielte es oft auf dem Reiseklavier. Er hatte sich vorgenommen, noch einen Geigenpart* dazu zu schreiben, vielleicht würde er sogar eine Sonate für Cembalo und Violine daraus machen. Seine erste Sonate! Im Kopf hatte er sie schon so gut wie fertig: Sanft wie ein leichtes Boot über einen nächtlichen See sollten die Geigenklänge über die Klaviermusik hinweggleiten. Wolf stellte sich Bilder dazu vor: Er sah feine Damen in grünen Ballkleidern vor sich, die in einem Gartenhof spazieren gingen. Sie trugen zierliche Sonnenschirme in der Hand, lächelten huldvoll und gingen gemessenen Schritts die Wege entlang. Manchmal blieben sie an einem Tischchen stehen und führten eine Teetasse zum Mund. Draußen war es Winter, in Wolfs Menuett aber schien die Sommersonne.

Jemand pochte an die Tür.

Grimm trat ein und wurde von Leopold herzlich begrüßt.

»Ein prachtvoller Artikel, wirklich!«, lobte er mit leuchtenden Augen und neigte dann bescheiden den Kopf.

Grimm lüftete den Hut, gab Nannerl und der Mutter einen eleganten Handkuss und rief: »Kommt mit, ihr Lieben! Wir trinken Champagner, denn es gibt etwas zu feiern!«

Grimm war freundlich und Wolf hatte nichts gegen ihn, nur seine polternde Stimme störte ihn. Grimm sprach immer viel zu laut, so als wären alle um ihn herum taub.

Draußen war es bitterkalt. Wolf hatte das Gefühl, als würde der beißende Novemberwind ihm die Haut von den Wangen zerren.

Der Boulevard* lag verlassen da. Offenbar hatten sich die Bewohner von Paris in ihre warmen gemütlichen Wohnungen zurückgezogen. Hinter den hohen Fenstern der herrschaftlichen Häuser sah man flackerndes Kerzenlicht.

Als sie schließlich in der Brasserie* saßen und sich am knisternden Kaminfeuer wärmten, hob Grimm feierlich sein Glas. »Ich hatte kürzlich eine Unterredung mit unserem König, Ludwig dem Fünfzehnten«, begann er. »Der König will euch für den Neujahrstag zu einem Bankett* an seinen Hof bitten. Morgen kommt die offizielle Einladung!«

Wolf war begeistert: Er hüpfte von seinem Stuhl, drehte sich wie ein Kreisel um die eigene Achse und sang dabei ein selbst ausgedachtes Liedchen: »Der König lädt zum Essen ein, das wird ganz sicher riesig fein! Zu Neujahr sind wir dort und gehn nie wieder fort! Wir wohnen dann im Königsschloss und halten uns ein Riesenross!«

Nannerl prustete vor Lachen und rief: »Aber Wolf, was soll denn das sein: ein Riesenross!«

»Das bist du!« Wolf sprang auf seine Schwester zu und gab ihr einen dicken Kuss auf die kalte Wange.

8

Das Eis unter den Rädern der Kutsche knirschte. Ansonsten war es still. Aber auf eine ganz andere Weise als in der Stadt. Wenn es in Paris still wurde, ganz spät am Abend, dann hörte man immer noch von irgendwoher etwas brummen, summen oder brausen. Hier in Versailles dagegen herrschte eine natürliche Stille – hier gab es nur Wind, Wasser und rauschende Bäume.

Wolf und seine Familie waren unterwegs zum Palast Ludwigs des Fünfzehnten. Wolf war vor Aufregung ganz zapplig. In letzter Zeit hatten sie viele öffentliche Konzerte gegeben. Jedes war ein großer Erfolg gewesen und hatte ihnen stürmischen Beifall eingetragen. Nun aber fuhren sie zum König von Frankreich!

Wolf war ungeheuer neugierig, wie der König und die Königin wohl wohnten.

»Woran denkst du? Hast du Angst?«, fragte seine Mutter mit besorgter Miene.

»Nein.« Wolf war irritiert. Er mochte es nicht, wenn seine Mutter so besorgt klang und ihn ausfragte.

»Wirklich nicht?«

»Nein«, sagte Wolf ein wenig patzig. »Wirklich nicht. Ich hab mir einfach nur überlegt, wie die Leute wohl wohnen.« Zu dumm: Jetzt hatte er es doch gesagt! Er durfte doch wohl denken, was er wollte, und musste seiner Mutter nicht jeden Gedanken sofort mitteilen, nur damit sie sich keine Sorgen machte.

»Welche Leute?«, fragte Nannerl.

»Der König und die Königin.«

Der Vater räusperte sich. »Nun, sie sind höchst vornehm und brauchen überhaupt nichts selber zu machen. Weder Geschirr spülen noch Betten machen noch fegen und bohnern und …«

»Brauchen die sich auch nicht selber den Po abzuputzen?«, fragte Wolf interessiert.

Nannerl und seine Mutter lachten.

Leopold hob mahnend den Finger. »Hör zu, Wolfgang, so etwas fragt man nicht! Über solche Dinge wirst du im Palast nicht reden, hast du mich verstanden?«

Wolf nickte heftig.

»Ich kenne dich, Wolfgang!« Sein Vater schwieg einen Moment und murmelte dann: »Selbstverständlich putzen sie sich den Po selber ab.«

»Also müssen sie doch was selber machen«, meinte Wolf enttäuscht. Wenn ich König wäre, dachte er, dann würde ich als Erstes einen Poabputzer einstellen.

»Papa?«

»Hmmm«, machte der Vater.

»Lässt der König auch mal einen Pups?«

»Das macht jeder Mensch«, sagte Leopold kurz angebunden.

Wolf musste lachen. Die Vorstellung, dass der König, der doch ein so vornehmer Mann war, hin und wieder mal einen Pups fahren ließ, war einfach zu spaßig.

»Papa?«

»Hmm?«

»So einen richtigen Knallpups: prrrrrrrt?«

Nannerl lachte schallend.

»Benimm dich, Wolfgang!«, sagte Leopold streng.

Nannerl stupste ihren Vater an. »Nun sag schon, Papa! Macht der König das manchmal?«

»Nein, selbstverständlich nicht! Er hält sich zurück. Und wenn das nicht möglich ist, dann geht er in ein anderes Zimmer.«

Wolf sah bildlich vor sich, wie der König heimlich in einen anderen Raum schlich, wo keine Leute waren. Und dort ließ er dann einen solchen Riesenpups, dass sein Mantel hochwehte. Wolf musste grinsen. Daraus ließ sich bestimmt ein hübsches Musikstück machen. Vielleicht mit dem Titel: »Wenn der König heimlich pupst.« Es müsste ein

Stück mit kurzen Trompetenstößen und lang anhaltenden Tönen dazwischen sein. Aber bevor Wolf so ein Stück komponieren konnte, müsste er erst noch seine Abneigung gegen Trompeten überwinden.

»Papa?«

»Kinder, jetzt ist Schluss!«, sagte ihr Vater bestimmt. »Reißt euch zusammen, verstanden!« Wolf merkte zwar, dass sein Vater es ernst meinte, sah aber auch das amüsierte Funkeln in seinen Augen. Das war meist so, wenn er nicht zugeben wollte, dass er etwas lustig fand. Weil es sich nicht gehörte.

»Merkt euch gut, was ich euch gesagt habe«, begann Leopold streng. »Wenn ihr den König und die anderen Mitglieder der königlichen Familie seht, dürft ihr ihnen auf keinen Fall die Hand küssen. Und auch keine Verbeugung machen. Ihr stellt euch kerzengerade hin, wenn sie vorbeigehen. So ist das hier Brauch. Man soll nicht denken, wir Salzburger wüssten das nicht!«

Das hatte der Vater die letzten Tage bestimmt schon hundertmal gesagt. Wolf fand es allmählich langweilig.

»Ich glaube, wir sind gleich da«, sagte seine Mutter und zog rasch das Korsett unter Nannerls Kleid zurecht. Sie nickte. »Ja, schaut nur, da drüben sind lauter Lichter zu sehen.«

Durch das beschlagene Kutschenfenster war tatsächlich Licht zu erkennen. Wolf machte es auf und steckte den Kopf hinaus. Der Wind fuhr ihm so heftig ins Gesicht, dass es ihm den Atem nahm.

In der Ferne waren nun die Umrisse des prächtigen Schlosses zu sehen. Es hatte die Form eines riesigen U und zwischen den Seitenflügeln dehnte sich ein weiter Innenhof.

Sie fuhren nun eine Allee entlang, die direkt zum Eingang führte. Zu beiden Seiten der Auffahrt brannten Fackeln und etliche der unzähligen Fenster des Schlosses waren erleuchtet.

Vor dem Eingang standen Lakaien kerzengerade in der Kälte. Sie trugen die Nase so hoch, als würden sie von hinten an den Haaren gezogen.

Dann stiegen die Mozarts aus der Kutsche. Im gleichen Moment erklang ein Trompetenstoß. Schnell hielt Wolf sich die Ohren zu, denn das Geräusch tat ihm regelrecht weh. Er hasste diese blechernen Töne! Sie fuhren ihm jedes Mal wie eine Faust in den Magen, sodass ihm übel wurde. Nein, das Pupslied würde er vorerst nicht schreiben können. Er konnte noch immer keinen Trompetenton ertragen.

Zwei Lakaien mit weiß gepuderten Perücken kamen ihnen entgegen und warfen erstaunte Blicke auf Wolf.

Rasch zog der Vater ihm die Hände von den Ohren. »Was hab ich dir gesagt!«, zischte er. »Benimm dich!«

9

König Ludwigs Zeremonienmeister* erhob sich und schlug mit einem Messer an sein Glas. Sofort verstummten alle Gespräche. Die Gäste sahen zu ihm und dem König hin.

»Sehr verehrte Anwesende«, begann der Zeremonienmeister. »Zunächst einmal möchte ich Sie alle an diesem Neujahrstag willkommen heißen und Ihnen ein vortreffliches neues Jahr wünschen. Das Jahr 1764 beginnt mit einer Sensation! Wir haben das große Vergnügen, hier bei unserem königlichen Bankett die Familie Mozart aus Salzburg begrüßen zu dürfen.« Er nickte ihnen gemessen zu. »Es handelt sich um eine musikalisch hochbegabte Familie, und Leopold, Nannerl und Wolfgang Mozart werden eigens für uns ein Musikstück zu Gehör bringen. Ich bitte um Applaus für unsere Ehrengäste.«

Wolf schlug das Herz bis zum Hals. Beim Aufstehen fiel

ihm die Serviette vom Schoß. Ungeschickt hob er sie auf und folgte dann seiner Schwester und seinem Vater zum Cembalo. Das Instrument hatte zierlich geschwungene Beine und seine Kanten waren mit Blattgold verziert; Wolf hatte es schon vom Tisch aus voller Bewunderung angestarrt.

Leopold verbeugte sich tief. Wolf und Nannerl taten es ihm gleich.

»Au!« Sie waren mit den Köpfen zusammengestoßen. Einen Moment lang fühlte Wolf sich schwindlig.

Im Publikum wurde gelacht.

Schnell setzte sich Wolf ans Cembalo, damit er niemanden mehr anzusehen brauchte. Sein Vater strich die ersten schmelzenden Töne auf der Geige. Wolf stellte sich vor, der Vater stünde in einem großen flachen See voller Fische, die sanft an seinen Beinen entlangglitten, während sich Nannerls Stimme schwalbengleich erhob. Wolf spielte eine verträumte Melodie, die wie ein Boot über das Wasser schaukelte. Das Boot warf kleine Wellen, die die Fische verscheuchten. Die Schwalbe verschwand in der Ferne und Nannerls Stimme verebbte. Dann aber kam sie zurück und ließ sich mit kräftigen Flügelschlägen auf dem Ast eines Baumes, gleich neben dem See, nieder. Eine Zeit lang war nur noch das Glucksen des Wassers zu hören, das Wolf mit seinem Spiel erzeugte. Dann setzte Leopold erneut mit zarten Geigenklängen ein und auch Nannerl begann wieder zu singen. Die Schwalbe schwang sich von ihrem Ast empor und ließ sich von der sanften Brise tragen. Die letzten Noten verklangen …

Wolf hatte völlig vergessen, dass er vor dem Königspaar von Frankreich spielte. Und auch die anderen vornehmen Gäste hatten die Welt um sich offensichtlich vergessen.

Ein donnerndes »Bravo!« des Königs holte ihn in die Wirklichkeit zurück. Und auch die übrigen Zuhörer brachen in Beifall und Bravorufe aus.

Wolf wollte möglichst schnell an seinen Platz am Tisch zurück. Er sprang auf, verbeugte sich linkisch, wobei er fast über die eigenen Füße stolperte, und lief zu seiner Mutter und der Königin. Wie gut, dass er während des Banketts nicht im Antichambre* stehen musste wie die weniger wichtigen Gäste; sie durften nicht bei Tisch sitzen. Seltsam war das!

Königin Marie tätschelte ihm die Wange. Ihr silbernes Diadem funkelte.

»Wunderschön war das, mein Junge. Du bist ein Genie!«, sagte sie, und Wolf meinte, ihre Augen feucht schimmern zu sehen.

Er senkte den Blick, um seine Nervosität zu verbergen.

Die Königin schob ihm ein Stück Pastete hin. Einen Moment lang konnte er ihr süßes Parfüm riechen.

»Greif zu, Wolfgang. Du hast bestimmt großen Hunger.« Mit einer anmutigen Bewegung hob sie ihr Weinglas und nippte daran.

Die Pastete schmeckte leicht säuerlich, aber die Kruste

war herrlich knusprig. Beim Kauen krachte es in Wolfs Ohren.

Da hörte er auf einmal Grimms Stimme aus der Menge der Gäste. Er saß ein Stück weiter an dem mit Blumen und Trauben geschmückten Tisch und redete so laut, dass jeder ihm zuhören musste, ob er wollte oder nicht. Womöglich ist er selber taub, dachte Wolf.

Nun wurde eine große Silberplatte mit einer Gans aufgetragen, die mit Petersiliensträußchen und Beeren dekoriert war. Der leckere Bratenduft ließ Wolf das Wasser im Munde zusammenlaufen – als hätte er seit Tagen nichts mehr gegessen. Die Lakaien zerteilten den Braten und legten den Gästen vor. Immer mit der gleichen eleganten Geste. Bestimmt hatten sie das vorher tagelang geübt.

Die Königin unterhielt sich gerade angeregt mit ihrem Ehemann. Wolf nutzte die Gelegenheit und flüsterte: »Mama, wer ist die da?« Er deutete auf eine junge Dame in einem hellblauen Ballkleid, deren seidiges Blondhaar kunstvoll geflochten und mit glitzernden Spangen aufgesteckt war.

»Das ist Madame Victoire. Eine Tochter des Königspaars.«

Madame Victoire hatte offenbar bemerkt, dass es um sie ging, denn sie nickte ihnen freundlich zu. Verlegen wandte Wolf den Blick ab. Noch nie im Leben hatte er ein so schönes Mädchen gesehen. Er wagte es kaum, sie anzusehen. Wenn ich später einmal heirate, dachte er, dann so eine wunderschöne Frau wie sie. Ihre Augen strahlten und sie hatte ein niedliches kleines Muttermal gleich neben dem Nasenflügel. Wolf musste bei ihrem Anblick an sanfte Geigenmusik denken. Er nahm sich vor, für Madame Victoire ein Stück zu schreiben.

»Und die da?«, wandte er sich wieder an die Mutter.

»Nicht mit dem Finger deuten!«, antwortete sie erschrocken. »Papa gerät außer sich, wenn er das sieht!«

»Ich hab doch gerade auch mit dem Finger gedeutet. Auf Madame Victoire.«

»Das gehört sich aber nicht.«

Wolf starrte noch immer die Dame an. Sie trug ein so üppiges Ballkleid, dass sie wie eine Kugel aussah, über der winzig klein ihr Kopf schwebte. Es war ein lustiger Anblick. Sie lachte des Öfteren und pustete immer wieder eine Haarlocke weg, die ihr in die Augen fiel.

»Das ist Madame de Pompadour«, flüsterte die Mutter. »Die Mätresse von König Ludwig.«

»Wie bitte?«, sagte Wolf. »Die Mäh-was? Was ist das für ein komisches Wort?«

Die Mutter lachte nervös. »Mätresse«, wiederholte sie leise.

»Und was soll das sein?«

»Nun … äh … wie kann ich dir das erklären?« Seine Mutter geriet ins Stottern. »Also … äh … eine Mätresse … ja, es ist so, dass der König außer seiner Frau auch noch eine Freundin hat. Zusätzlich, wenn man so will.«

Wolf prustete los und stupste energisch die Königin an.

»Und Ihr habt gar nichts dagegen?!« Es rutschte ihm einfach so heraus. Zugleich spürte er, dass er puterrot wurde.

»Was meinst du?« Die Königin wandte sich zu Wolf und sah ihn fragend an.

Im gleichen Moment trat die Mutter ihn fest ans Schienbein.

»Au!«, schrie Wolf.

Die Mutter lächelte der Königin freundlich zu. »Mein Wolfgang wundert sich, dass Ihr nichts dagegen habt, dass er neben Euch sitzt.«

Wolfgang hatte verstanden: Es gehörte sich nicht, die Königin auf die Mätresse ihres Ehemannes anzusprechen. Um den Worten seiner Mutter Nachdruck zu verleihen, sprang er vom Stuhl auf, umarmte die Königin und gab ihr einen Kuss auf die Wange.

»Ja, das ist furchtbar lieb von Euch!«, rief er begeistert. »Und weil Ihr eine so schöne Tochter habt, werde ich extra für sie ein Musikstück komponieren!«

10

Paris, den 18. Februar 1764

Lieber Herr Schachtner,

für den Geburtstagsbrief danke ich Ihnen sehr! Endlich habe ich Zeit zum Schreiben. Ich bin nämlich krank. Der Hals tut mir weh und mein Kopf dröhnt die ganze Zeit.
Nannerl und ich sind nun schon oft aufgetreten. Sogar bei König Ludwig. Ich habe dort laut lachen müssen, weil der König eine Mäh-Tresse hat. Komisch ist das!
Inzwischen kann ich Trompetentöne ein bisschen besser ertragen. Wissen Sie noch, dass ich früher manchmal ohnmächtig geworden bin, wenn Sie die Trompete bliesen? Als wir in Versailles ankamen, wurde jedenfalls ganz laut auf der Trompete geblasen. Und ich bin nicht in Ohnmacht gefallen. Wer weiß, vielleicht schreibe ich eines Tages eine Symphonie, genau wie Papa.

Jetzt muss ich aufhören, denn gleich kommt Papa mit meinem ersten Notenbuch. Ich habe nämlich zwei Sonaten für Klavier und Violine geschrieben. Die habe ich Madame Victoire gewidmet, einer Tochter von König Ludwig.

Ich grüße Sie herzlich
Ihr
Wolf

Klick! Wolf legte den Gänsekiel auf den Nachttisch und schraubte das Tintenfass zu. Er wollte seinen Brief noch einmal durchlesen, konnte aber die Worte, die er geschrieben hatte, kaum noch erkennen. Sein Kopf schmerzte und er hatte Ohrensausen.

Seit zwei Tagen lag er nun schon mit einer schlimmen Halsentzündung im Bett. Sein Hals fühlte sich an, als steckten innen lauter kleine Nadeln. Und wenn er hustete, pfiff es so seltsam in seiner Brust, und die Rippen taten ihm weh.

Sein Vater hatte auf Anraten des Arztes einen Kräutertrank für ihn gebraut, der nach Heu schmeckte. Dreimal am Tag musste Wolf von der ekligen Flüssigkeit trinken.

Seine Gedanken wanderten oft nach Salzburg. Er sah sonnenbeschienene Straßen und Plätze voller fröhlicher Menschen vor sich und roch den Duft der Tannen und Kiefern am Stadtrand. Er dachte an das Cembalo am Fenster, an dem er so oft gesessen und die Welt um sich herum vergessen hatte.

Ein Schauder lief ihm über den Rücken. Die durchgeschwitzte Bettwäsche war klamm und er begann zu frieren. Das viele Grün im Zimmer tat seinen Augen weh. Überhaupt war das Zimmer so merkwürdig: Manchmal wurde es größer, so riesengroß, dass er fürchtete, wie ein winziges Stäubchen darin zu verschwinden.

Auf einmal hörte er Grimms laute Stimme. Sie kam näher. Die Tür wurde aufgerissen und Leopold Mozart und Grimm kamen im Eilschritt herein. Ein Luftzug blies die Kerze in der Hand des Vaters aus.

Triumphierend schwenkte er das Notenbuch. »Mein lieber Wolfgang«, sagte er munter. »Ich bin ungeheuer stolz auf dich!« Er trat ans Bett und legte das Notenbuch vor Wolf auf die Decke. »Schau nur! Wir haben es drucken lassen! Das hat unser guter Freund Melchior veranlasst.« Er lächelte Grimm zu und sah dann wieder seinen Sohn an.

Mit zitternden Händen griff Wolf nach seinen ersten gedruckten Kompositionen. Er vergaß alles um sich herum. Der Vater, Grimm, ja, das ganze grüne Zimmer war weg. Sogar die Halsschmerzen waren verschwunden. Wolfs Kopf glühte und seine Hände wurden feucht. »Madame Victoire gewidmet«, stand auf dem zartgelben Umschlag. Und in zierlichen Buchstaben: »Sonaten für Violine und Klavier von Wolfgang Amadeus Mozart, sieben Jahre alt.«

Einen kurzen Moment dachte Wolf: Acht. Nicht sieben! Es muss acht heißen. Aber der Gedanke verflog gleich wieder, wehte davon wie ein welkes Blatt im Herbstwind.

Er schlug das Buch auf. Es roch noch ein wenig nach Druckerschwärze. Langsam blätterte er die Seiten um und besah die vielen, vielen Noten, die er in der letzten Zeit aufgeschrieben hatte. Zusammen bildeten sie zwei prächtige Musikstücke.

Sein Blick blieb am Adagio* der zweiten Sonate hängen. Diesen Teil mochte er am allerliebsten. Er las die Noten und in seinem Kopf erklang die Musik. Die ruhigen gleichmäßigen Klaviertöne und dazwischen das lang gezogene Klagen der Violine. Getragen und schnörkellos. Wolf hatte diesen Teil geschrieben, als er mal wieder Heimweh hatte. Das Klavierklimpern, das war er selbst. Und die Violine, die sich immer wieder zu Wort meldete, das war sein Vater. Es war ein Stück, in dem eine gewisse Traurigkeit mitschwang. Denn er selbst hörte nicht auf seinen Vater. Und der Vater wiederum hörte nicht auf ihn. Sie redeten aneinander vorbei: Jeder erzählte eine andere Geschichte. Aber weil sie einander so gern hatten, ergab sich dennoch ein Zusammenklang, eine so perfekte Harmonie, dass dieses Stück der Schönheit von Madame Victoire entsprach.

»Freust du dich?«

Wolf schrak aus seinen Träumereien. Er nickte, aber zugleich kullerte ihm eine Träne über die Wange, blieb kurz am Kinn hängen und glitt dann seinen Hals entlang.

Der Vater setzte sich zu ihm. »Warum weinst du denn?«

Wolf weinte eigentlich nicht richtig, denn was er genau hatte, konnte er selbst nicht recht sagen.

»Nun?«, fragte sein Vater.

Grimm räusperte sich. »Ich lasse euch beide ein paar Minuten allein.« Er stellte seine Kerze ab und ging aus dem Zimmer.

Wolf zog die Schultern hoch. »Wenn ich nun sterbe«, sagte er zu seinem Vater, »musst du dann weinen?«

»Aber mein Junge!«, rief Leopold bestürzt. »Du stirbst doch nicht! Schau mal, du hustest viel weniger als gestern und deine Augen fangen schon wieder an zu leuchten. Bestimmt wirst du ganz bald gesund!«

»Ja, aber wenn nicht ...«

Verständnislos sah der Vater ihn an.

»Musst du dann weinen?«, wiederholte Wolf.

»Natürlich muss ich dann weinen!«, sagte der Vater mit gepresster Stimme. »Du bist doch das Liebste, was ich habe. Wenn du sterben würdest, hätte mein Leben keinen Sinn mehr.«

Wolf lächelte: »Dann bleibe ich noch ein Weilchen am Leben!«

Plötzlich mussten sie beide lachen. Wolf bekam davon Husten und so schlimmes Halskratzen, dass er meinte, ein scharfes Messer schabe innen an seinem Hals entlang. Aber er konnte nicht anders – das Lachen war solch eine Erleichterung nach dem seltsamen Gespräch.

Der Vater klopfte Wolf leicht auf den Rücken, bis der Hustenanfall vorbei war. Dann legte er die Hand auf das Notenbuch – ganz ehrfürchtig, als wäre es aus purem Gold. »Ich bin so stolz auf dich, mein Junge!«, sagte er.

Seine Mutter steckte den Kopf durch den Türspalt. »Ist alles in Ordnung?«, fragte sie besorgt.

Wolf und der Vater nickten nur.

»Komm rein, meine Liebe«, sagte Leopold zu seiner Frau. »Und schau dir an, was für eine Glanzleistung unser Sohn vollbracht hat!«

11

Die Tonfolge stimmte noch nicht. Wolf schloss die Augen. Erst blieb es eine Weile still in seinem Kopf. Dann ertönte ein leises Summen. Und auf einmal hörte er es. Ganz deutlich: Diese eine Note, die musste höher sein! Ganz bestimmt! So bekam die Melodie etwas Eigensinniges. Wolf stellte sich ein Kind vor, das um jeden Preis seinen Willen haben wollte.

Er machte die Augen wieder auf, strich die falschen Noten und ersetzte sie durch höhere. Dann ließ er die neue Melodie noch einmal an sich vorbeiziehen.

Fertig! Seine vierte Sonate war vollendet. Das kleine Menuett rundete das Stück wunderbar ab, machte es zu einer Geschichte mit Anfang und Ende.

Wolf musste es sofort seinen Eltern vorspielen!

Sein Vater war ganz in seine Lektüre vertieft. Er beugte

sich über eine Buchseite, biss sich auf die Lippe und hatte die Stirn leicht gerunzelt. Und seine Mutter strickte einen Pullover für Nannerl. Das gleichmäßige Klicken der Stricknadeln war das einzige Geräusch im Zimmer.

Da bemerkte Wolf Nannerls Blick: Sie schaute zum Reiseklavier hinüber und hatte ganz offensichtlich vor zu spielen. Wolf sprang auf und lief auf das Klavier zu. Aber seine Schwester war schneller: Sie kam ihm zuvor!

»Nannerl! Bitte!«, rief Wolf. »Ich muss unbedingt den dritten Teil spielen! Er ist fertig!« Unsanft schubste er seine Schwester vom Klavierschemel und setzte sich selbst darauf.

Aber im nächsten Moment saß Nannerl auf seinem Schoß. »Ich war zuerst da!«, rief sie, legte die zierlichen Finger auf die Tasten und begann zu spielen.

»La la la la la!«, sang Wolf laut und falsch dazwischen.

Nannerl verspielte sich prompt. »Hör auf, Wolfgang!«, rief sie ärgerlich. Wieder griff sie in die Tasten, aber Wolf schlug mit der flachen Hand auf die tiefen Töne ganz links.

»Geh weg, Wolf! Ich war zuerst da!«, fauchte sie ihn an.

»Ich *muss* aber spielen!«, rief Wolf heiser. Er spürte wieder ein Kratzen im Hals – die Entzündung machte ihm immer noch ein wenig zu schaffen. Zudem wurde er schneller müde als sonst. Aber der Vater hatte ihn gebeten, die nächsten zwei Sonaten noch diese Woche fertig zu schreiben, damit sie vor ihrer Abreise aus Paris noch gedruckt werden konnten.

Leopold klatschte in die Hände. »Gebt Ruhe, Kinder!« Ein

wenig schuldbewusst sah er Nannerl an: »Sei so lieb, Nannerl, und lass Wolfgang rasch den dritten Teil vorspielen. Danach darfst du so lange ans Klavier, wie du magst.«

Nannerl sprang von Wolfgangs Schoß und rief wütend: »Das ist ungerecht!« Sie stampfte mit dem Fuß auf und rannte aus dem Zimmer. Ihre Mutter legte das Strickzeug beiseite, zog die Augenbrauen hoch und ging dann hinter Nannerl her.

Leopold seufzte. Dann war es ganz still im Zimmer, nur das Klappern der Pferdehufe auf dem Straßenpflaster drang von draußen herein.

Der Vater nahm seine Geige, stellte sich neben Wolf und zählte bis drei. Dann spielten sie zusammen das Menuett aus Wolfs vierter Sonate. Beim Komponieren hatte Wolf ein kleines Kind mit unzähligen Sommersprossen und Stupsnase vor sich gesehen. Ein Kind, das so lange drängelte und quengelte, bis es seinen Willen durchgesetzt hatte.

Jetzt aber konnte Wolf sich nicht richtig konzentrieren. Er spielte zwar die Noten, war aber nicht mit dem Herzen dabei. Er musste die ganze Zeit an seine Schwester denken. Im Grunde genommen war es nicht nett von ihrem Vater, dass er ihn, Wolfgang, vorzog. Sobald sie fertig gespielt hatten, wollte er Nannerl rufen und zu ihr sagen: »Du bist dran!« Etwas Besseres fiel ihm nicht ein, aber irgendwie wollte er ihr gern zeigen, dass sie genauso wichtig war wie er.

Als die letzte Note verklang, sagte eine Stimme: »Wunderschön, Wolf!«

Er fuhr herum. Hinter ihm standen seine Schwester und die Mutter, Hand in Hand.

»Wunderschön!«, sagte Nannerl noch einmal. »Es hat was Freches, Vorlautes. So wie du!« Sie schwieg einen Moment. »Und auch ein bisschen was Stures.«

»So wie der Papa!«, rutschte es Wolf heraus.

Die Mutter schmunzelte.

»Jetzt bist du dran!«, rief Wolf Nannerl zu.

Der Vater brummelte etwas vor sich hin und legte die Geige aufs Bett.

Dann drehte er sich um und sagte: »Moment noch, Kinder. Mit dir, Wolf, möchte ich noch einmal über das Menuett sprechen. Es ist schön und originell, aber ich hätte da noch einiges anzumerken. Am besten gehen wir es nachher zusammen durch.«

Wolf ärgerte sich. Was meinte sein Vater? Es klang doch wunderschön. Am liebsten hätte er sofort gewusst, was es noch zu kritisieren gab.

»Vorher aber muss ich euch etwas sagen«, fuhr ihr Vater fort. »Setzt euch bitte.« Er winkte Wolf und Nannerl heran und setzte sich zwischen sie aufs Bett. »Hört zu. Ich habe großartige Neuigkeiten! Wie ihr wisst, haben wir noch eine lange Reise vor uns. Wir wollen noch nach Dijon, Lyon, Genf…« Er brach ab und ein glückliches Lächeln überzog sein Gesicht.

Würde ihr Vater sagen, dass sie nach Salzburg zurückkehrten? Dass die Reise früher als geplant zu Ende war?

Wolf spürte ein Kribbeln im Bauch. Ach, das wäre ja herrlich! Sosehr er die Reise und seine Erfolge auch genoss, etwas Schöneres, als wieder in Salzburg zu sein, konnte er sich nicht vorstellen. Er dachte an das gelbe Haus in der Getreidegasse, das nachmittags einen langen Schatten auf den Platz davor warf, an die Zimmerwände mit den gerade eben noch erkennbaren Kreidezahlen, an den Holzbottich, an dem er sich immer wusch, und an sein weiches Bett, das ächzte und knarrte, wenn er sich umdrehte.

»Nun sag schon, Papa!«, drängelte Nannerl.

Wolf schrak aus seinen Gedanken auf. Erwartungsvoll setzte er sich kerzengerade hin.

Leopold strich seinen beiden Kindern über die Köpfe. »Melchior Grimm hat einen fantastischen Plan und ich habe schon alles mit ihm besprochen. Haltet euch fest, Kinder: Wir gehen nach London! In die Musikstadt Europas schlechthin.«

Wolf hatte das Gefühl, die ganze Weltkugel werde ein Stück hochgehoben und dann mit Wucht auf den Steinboden geschleudert.

Eine lange Stille folgte. Schließlich fragte der Vater: »Nun, ist das nicht großartig?«

»Doch«, sagte Wolf kläglich. Zu dumm! Er traute sich nicht zu sagen, was er dachte. Dabei war ihm eher zum Weinen zumute.

Nannerl sagte gar nichts, sie schnappte nur nach Luft.

Wolf spürte eine Hand auf seinem Knie. Es war die seiner

Mutter. Sie sah ihn eindringlich und verständnisvoll zugleich an. »Du freust dich doch, oder?«, fragte sie vorsichtig.

»Selbstverständlich freut er sich!«, tönte der Vater. »Aus Wolf wird etwas ganz Großes. Und aus unserer Nannerl auch!« Er zog seine beiden Kinder an sich und drückte sie fest.

Wolf wollte etwas sagen, brachte aber keinen Laut hervor. Er kam sich vor wie ein müdes Pferd, das einen Karren schwerer Steine den Hügel hinaufziehen muss. Ein paarmal schluckte er und sagte dann mit piepsiger Stimme: »Fein, Papa.«

12

Im April waren Wolf und seine Familie und Sebastian mit der Postkutsche in London eingetroffen. Ihre eigene Kutsche und die Pferde hatten sie in Calais gelassen. Seit einigen Tagen wohnten sie nun in einer hübschen Pension zwischen dem St. James's Park und dem Green Park. Ganz in der Nähe befand sich der Palast St. James's, die königliche Residenz. Der König war zwar vor einigen Jahren nach Buckingham House gezogen, aber wichtige Ereignisse fanden nach wie vor im Palast statt.

Die Umgebung war wirklich wunderhübsch. Da war die breite Themse, die die Stadt durchzog, und in der langen Picadilly Street pulste das Leben der Vornehmen und Reichen: Feine Hotels, Geschäfte und Restaurants reihten sich aneinander.

Trotz der aufregenden neuen Eindrücke fühlte Wolf sich

seltsam leer. Hatte das womöglich noch mit der unruhigen Überfahrt zu tun? Auf dem Schiff nach England war er furchtbar seekrank geworden. Oder kam es vielleicht daher, dass Salzburg ihm so sehr fehlte? Er versuchte, Salzburg aus seinem Denken zu verbannen, aber je mehr er sich bemühte, desto öfter sah er das Haus in der Getreidegasse vor sich, hinter dem sich die Kollegienkirche erhob. Und den Platz davor mit all den Buden, die um diese Jahreszeit dort aufgestellt wurden und an denen es leckere Würstchen, Obst und Nüsse zu kaufen gab. Wolf meinte, den Duft von gerösteten Nüssen zu riechen.

»Wolf, ich habe dich was gefragt!«

Wolf schrak aus seinen Träumereien hoch. Die Familie Mozart spazierte durch den Schlosspark von Buckingham House. Es war ein nebliger Tag und manchmal tauchte scheinbar wie aus dem Nichts jemand vor ihnen auf.

Der Vater legte Wolf die Hand auf die Schulter. »Hast du mal wieder geträumt?«

Wolf nickte beschämt.

Der Vater räusperte sich. »Nun gut«, fuhr er fort. »Joseph Haydn also. Du kennst seine Symphonien, nicht wahr?«

Und ob Wolf die kannte! Haydns Musik war ihm in schlimmer Erinnerung. An seinem siebten Geburtstag hatten Herr Schachtner und der Vater ihm eine Überraschung bereitet und ihn zur Aufführung einer Symphonie von Joseph Haydn mitgenommen. Wolf hatte sich so schlecht gefühlt wie noch nie. Wie ein zentnerschwerer Riesensack hatte die Musik auf ihm gelastet, ihn geradezu erdrückt. Er hatte versucht, sie auszublenden und im Kopf durch eine andere Musik zu ersetzen, aber das war ihm nicht gelungen. Die Trompetenstöße hatten in seinen Ohren geschmerzt und waren ihm wie Fausthiebe in den Magen gefahren.

»Wolf«, sagte der Vater nach längerem Schweigen. Im Londoner Nebel hatte er etwas Geisterhaftes an sich, wahrscheinlich kam das durch seinen schwarzen Mantel und die dunklen Augen. »Versuch mal, dich an die Symphonie von damals zu erinnern.«

Nannerl, die vor ihren Eltern und Wolf herhüpfte, musste lachen. »Das macht er doch mit dem größten Vergnügen. Stimmt's, Wölfchen?«, rief sie.

Wolf schnitt ihr eine Grimasse.

»Schau mal, Wolf«, fuhr der Vater fort. »Du musst den Klang eines jeden Instruments gut kennen, damit du weißt, welche miteinander harmonieren.«

Gar nicht, dachte Wolf. Wenn Trompeten dabei sind, dann harmoniert gar nichts miteinander.

»Dann wählst du ein Thema aus, eine Grundmelodie, und die musst du entwickeln. So einfach ist das Ganze.«

Mit einem Ruck drehte Nannerl sich um: »Ach ja? Na, dann werd ich das auch mal probieren!«

»Wie bitte?«, fragte der Vater.

»Ich schreibe eine Symphonie!«

Der Vater seufzte. »Du kannst von Glück sagen, dass du Klavier spielen und singen darfst. Das reicht. Komponieren brauchst du nicht und auch nicht Geige oder Orgel spielen.«

Nannerl stampfte mit dem Fuß auf und wollte protestieren. Aber sie tat es dann doch nicht. Irgendwie verloren stand sie im Nebel und sagte nur ganz leise: »Ich will doch aber auch Geige spielen lernen. Und Orgel.«

»Nannerl«, sagte ihr Vater, »solche Dinge muss man nur können, wenn man als Dirigent bei Hofe oder als Kirchenmusiker arbeiten will. Und das machen nur Männer.«

»Sie muss es ja nicht gleich zum Beruf machen«, versuchte ihre Mutter zu vermitteln. »Sie kann es doch auch zu ihrem eigenen Vergnügen lernen.«

»Mädchen spielen aber nicht Geige und Orgel. Und sie komponieren auch nicht. Es wäre reine Verschwendung, dafür Zeit und Energie aufzuwenden.«

Wolf fand das lächerlich. Wer weiß, vielleicht konnte er seiner Schwester ja heimlich das Geigespielen beibringen. Und dann würde sie damit berühmt.

In der Ferne hörten sie Hufgetrappel. Die Spaziergänger im Park traten zur Seite, um den Weg frei zu machen. Eine prachtvolle, schwarz glänzende Kutsche mit goldenen Verzierungen näherte sich.

»Halt!«, klang es aus der Kutsche, kaum dass sie auf der Höhe der Familie angelangt war.

Ein vornehmer Lakai mit weißer Perücke zog die rotsamtenen Zügel an.

Unter lautem Wiehern blieben die Pferde stehen und ein

Mann steckte den Kopf aus dem Kutschenfenster. Er hatte ein freundliches rundes Gesicht und seine Augenbrauen waren schlohweiß. Er winkte Wolf und seine Familie heran, stieß dann die Kutschentür auf und stieg mit eleganten Bewegungen aus.

»Majestät«, sagte Leopold und verbeugte sich tief.

»Die Familie Mozart aus Salzburg, wenn ich mich nicht irre?«, sagte der Mann.

»So ist es«, bestätigte Leopold. »Es ist eine große Ehre für uns, dass Eure Majestät extra wegen uns aussteigen.«

»Im Gegenteil!«, rief der König. »Es ist für *mich* eine Ehre, dass Sie unsere lebendige musikbegeisterte Stadt besuchen. Ich habe vernommen, dass Sie, und insbesondere Ihre zwei Wunderkinder, musikalisch hochbegabt sind.« Er nickte Nannerl und Wolf zu.

Die Leute im Park bildeten nun einen großen Kreis um die Kutsche. Wolfgang spürte Dutzende neugieriger Blicke im Rücken. Als wäre er selbst der König.

Leopold nickte bescheiden und legte den Arm um seine Frau. »Wir sind in der Tat sehr stolz auf unsere Kinder.«

»Sehr schön«, sagte der König. »Stolz ziert den Menschen. Aber nur dann, wenn der Stolz auch berechtigt ist.« Er lachte und klatschte munter in die Hände. »Jedenfalls bin ich hocherfreut, Sie hier anzutreffen. Ich habe dieser Tage schon mit dem Gedanken gespielt, meinen Sekretär zu Ihnen zu schicken. Aber das ist ja nun nicht mehr nötig. Hiermit lade ich Sie, auch im Namen meiner Gemahlin

Charlotte, ein, uns am 27. April im Palast aufzusuchen. Als große Musikfreunde sind wir sehr gespannt auf das Talent Ihrer beiden Kinder. Wir würden es hoch schätzen, wenn Sie ein Konzert für uns gäben.«

»Juhu!«, brach es aus Wolfgang heraus. Die Leere, die er vorhin noch empfunden hatte, war wie weggeblasen. Am liebsten hätte er einen Riesenluftsprung gemacht, bis zum Wipfel der großen Buche neben ihm, um dann in ihren Ästen zu schaukeln. Anschließend würde er sich fallen lassen und wie ein Vogel durch die Luft segeln, einen weiten Kreis ziehen und am Ende wieder beim König landen und ihm und allen anderen einen dicken Kuss geben. Öffentliche Konzerte hingen ihm mittlerweile zum Halse heraus, aber ein Auftritt am Königshof, das war schon etwas ganz Besonderes!

»Der junge Musikus ist ja mächtig begeistert!«, schmunzelte der König. Seine Augen strahlten.

Leopold hüstelte. »Es ist uns eine große Ehre, Majestät. Selbstverständlich nehmen wir die Einladung mit dem größten Vergnügen an.«

13

Mit hochgezogenen Knien saß Wolf am Fenster, drückte die Nase an die Scheibe und überlegte, wie seltsam er jetzt wohl für die Passanten draußen aussah. Ob sie sich wohl vorstellen konnten, dass er seine Musik in diese neblige Stadt mitgebracht hatte? Dass er sie überallhin mit sich nahm – in die Kutsche, ins Bett, auf die Straße …

Nannerl stand hinter ihm und summte eine Melodie, während sie die Kleider, die ihre Mutter gewaschen hatte, ordentlich faltete.

Bei der Ankunft vor eineinhalb Wochen hatte die Pensionswirtin gesagt: »Achten Sie nicht auf die Unordnung.« Dabei hatte Wolf noch nie im Leben ein so ordentliches und sauberes Haus gesehen. Alles blitzte und blinkte, nirgendwo war auch nur die geringste Unordnung. Im Erdgeschoss, wo sie morgens ihr Frühstück einnahmen, stand ein Holztisch, der bestimmt alle Stunde gescheuert wurde, so blank und glänzend war er. In einer Ecke des Frühstückszimmers stand ein Käfig mit einem Kanarienvogel, der wunderbar sang und unterdessen traurig durch die Gitterstäbe spähte. Bestimmt zum Blumenbeet im Garten. Wolf war sicher, dass der Vogel nicht einfach nur vor sich hin pfiff. Nein, es waren richtige Worte. Gespräche, die der Vogel mit sich selbst führte: »Ich möchte so gern raus aus dem Käfig! Ich will auf Weltreise gehen!«

Wolf dachte an das Konzert, das sie am Hofe gegeben hatten. Sie hatten eine Menge Geld damit verdient. Und das englische Königspaar war sogar noch begeisterter gewesen als das französische. Der Applaus nahm kein Ende, und Wolf hatte sich so oft verbeugt, dass ihm ganz schwindlig geworden war. Zudem waren König Georg und seine Gemahlin äußerst freundlich und umgänglich – sie hielten weniger auf Distanz als andere Adlige.

Königin Charlotte hatte eine lustige Stupsnase, die sie jedes Mal, wenn Wolf einen Scherz machte, ein wenig krauste. Wolf hoffte, das Königspaar noch öfter zu sehen. Ihre Begeisterung gab ihm die Energie zurück, die die anstrengende Konzertreise ihm beinahe geraubt hatte.

Ein heiseres Husten riss Wolf aus seinen Gedanken. Es kam aus dem Zimmer seiner Eltern nebenan. Sein Vater klagte seit ein paar Tagen über Halsschmerzen, und nachts klang sein Husten wie das Bellen eines Wachhunds, der Diebe abschrecken soll. Wolf bekam eine Gänsehaut. Er versuchte, sich auf den lieblichen Gesang des Kanarienvogels von unten zu konzentrieren.

Plötzlich kam seine Mutter ins Zimmer. Sie schaute besorgt drein, hatte verquollene Augen und zupfte nervös an ihrer Schürze. »Kinder«, begann sie, »Papa und ich, wir müssen rasch mal weg. Ihr beiden kommt doch allein zurecht, ja?«

»Wohin geht ihr?«, fragte Nannerl. Sie legte den Kleiderstapel in einen Korb und drehte sich um.

»Wir gehen zum Doktor.«

Die Worte klangen so ernst, dass Wolf erschrak. Ihm war, als legte sich eine schwere Last auf ihn, die keine Bewegung mehr zuließ. Und er brachte auch keinen Ton hervor.

Die Mutter versuchte zu lächeln. »Aber Kinder, ihr guckt ja so erschrocken, als würde der Papa sterben. Seid ganz ruhig. Er hat sich einfach nur erkältet, und wir wollen, dass er bald wieder gesund ist. Es ist nichts Ernstes.« Sie sah müde aus, aber zugleich hatte ihr Gesicht immer noch seinen üblichen sanften und liebevollen Ausdruck.

Wolf seufzte tief. Wenn seine Mutter sagte, es würde wieder gut, dann musste er ihr glauben.

Kurz darauf sah er seine Eltern draußen in die Kutsche steigen. Sebastian ließ die Peitsche knallen und gleich darauf war das Trappeln von Pferdehufen zu hören.

Auf einmal machte es in Wolfs Kopf »klick!«. Er rannte ins Zimmer der Eltern. Sekunden später stand er keuchend vor seiner Schwester, in der einen Hand seine eigene Geige in der anderen die des Vaters.

»Ta da da da!«, rief er triumphierend.

Entgeistert starrte Nannerl ihn an. Dann begriff sie und fiel ihm um den Hals. »Du bist ein ganz, ganz Lieber! Ich könnte dich auffressen!« Spielerisch biss sie ihn ins Ohr, in den Arm und in die Schulter. Wolf musste kichern und hielt unbeholfen die beiden Instrumente in die Höhe, damit sie keinen Schaden nahmen. Dann ließ Nannerl ihn los. Er drückte ihr die Geige ihres Vaters in die Hände, die ein ganzes Stück größer war als seine eigene.

Mit einer geübten Bewegung legte Nannerl die Geige zwischen Kinn und Schulter. Sie machte eine ernste Miene, als würde sie sogleich ein furchtbar schwieriges Stück spielen wollen.

Wolf sah sie misstrauisch an.

»Was ist?«, fragte Nannerl verunsichert.

»Sag mal, hast du schon öfter gespielt? Heimlich?«

Ein spitzbübisches Lächeln überzog Nannerls Gesicht. »Ja, ganz früher, als du noch klein warst. Wenn Papa bei der Arbeit war, bei unserem Erzbischof. Da hab ich manchmal geübt. Aber das weiß nur Mama. Und es ist auch schon so lange her. Gewiss hab ich alles wieder verlernt.«

Wolf verstand Nannerl nur zu gut. Wenn sein Vater ihm nicht erlauben würde, Geige zu spielen, dann hätte er das bestimmt auch heimlich getan. So etwas konnte man doch nicht verbieten! Er lächelte und legte den Zeigefinger an die Lippen. »Ich verrate nichts!« Dann stellte er sich gerade hin und sagte: »Streich mit dem Bogen über die Saiten: leicht, sacht und schnell. Versuch, selber rauszufinden, wo die Töne liegen.« Fast hätte er lachen müssen, denn genau mit diesen Worten hatte der Vater ihm erklärt, wie man Geige spielt. Und jetzt gab er selbst seiner fünf Jahre älteren Schwester Unterricht! Er kam sich sehr groß und klug vor.

Nannerl zog den Bogen energisch über die Saiten. Ein hässliches Kreischen erklang.

»Halt!«, rief Wolf bestürzt. Sein Magen krampfte sich zusammen. »Noch mal«, sagte er dann, »aber jetzt ganz sacht, leicht und schnell. So wie du mich gestreichelt hast, als ich noch ein Baby war.«

Nannerl lachte. »Ich hab dich zwar ganz sacht gestreichelt, aber schnell bestimmt nicht.« Dann versuchte sie es noch mal. Jetzt konnte man schon Töne heraushören.

»Weißt du was«, sagte Wolf, »du musst dir vorstellen, dass die Geige auseinander platzt, wenn du zu grob damit umgehst. Und dann sind wir beide tot!«

Nannerl zog einen Flunsch. Erneut setzte sie den Bogen an und diesmal bewegte sie ihn ganz sacht. Sie probierte ein bisschen herum und suchte die einzelnen Töne. Es dauerte eine ganze Weile, aber schließlich hatte sie alle gefunden.

»Ich kann's wieder!«, rief sie begeistert und entlockte dem Instrument ein paar Tonleitern.

Wolf war stolz auf seine Schwester, auch wenn sie so sauer guckte, als hätte sie eine Zitrone im Mund. »Fein«, sagte er. »Jetzt musst du nur noch ein Gesicht machen, dass man meint, es wär alles ganz leicht.«

Weg war die Zitrone und Nannerl lächelte weich.

»Kennst du das Duo, das ich früher öfter mit Papa gespielt hab?«, fragte Wolf.

»Das mit den kleinen Sprüngen, dem Stakkato* und den langen, fließenden Tönen dazwischen?«

»Genau das!«, rief Wolf. »Wenn wir die nächsten Tage tüchtig üben, jedes Mal wenn Papa fort ist, dann überraschen wir ihn am Samstag bei unserem Auftritt auf dem Schiff. Das wird ein Spaß! Dann denkt er: Wie hat Nannerl das nur hingekriegt? Und wir beide sagen dann: Och, das haben wir heute Nachmittag ein Stündchen geübt.«

Nannerl schwieg. Im Hintergrund flötete der Kanarienvogel eine muntere Weise. »Aber Papa will doch nicht, dass ich Geige spiele. Womöglich wird er böse.«

»Aber nein! Er wird mächtig stolz auf dich sein. Und dann begreift er auch, dass Frauen sehr wohl Geige spielen können.«

14

»Lass mich mit den Kindern gehen«, klang es durch die dünne Wand von Wolfs und Nannerls Zimmer.

»Kommt nicht infrage. Ich gehe!«, antwortete ihr Vater resolut.

»Nun sei doch nicht so stur. Der Doktor hat gesagt, du musst dich ausruhen, sonst kriegst du womöglich noch eine Lungenentzündung!« Die Stimme ihrer Mutter bebte. Und Wolf wusste, warum. Sein Vater musste es wirklich bunt treiben, bevor seine Mutter ihm überhaupt widersprach.

»Ich werde nicht krank. Die Kinder können unmöglich ohne mich auftreten. Ich bin ihr persönlicher Begleiter, sie brauchen mich!«

»Wenn du todkrank wirst, haben sie überhaupt keinen Begleiter mehr, und dann …«

»Ich sage dir noch mal: Ich werde nicht krank!«

Nannerl hielt sich die Ohren zu. Sie sah aus, als hätte sie sich gern irgendwo verkrochen. Im Hintergrund sang der Kanarienvogel – als wollte auch er seine Meinung dazu sagen.

»Leopold«, versuchte ihre Mutter es erneut mit zittriger Stimme. »Ich fände es wirklich schlimm, wenn …«

»Ich gehe mit!«, fiel Wolfs Vater ihr ins Wort. »Und jetzt kein Wort mehr darüber.« Er hustete so heftig, dass die Wände zu zittern schienen. Das Husten dröhnte in Wolfs Ohren.

Kurz darauf gingen er, Nannerl und ihr Vater aus dem Haus. Ihre Mutter blieb mit bekümmerter Miene zurück. Wolf hatte Mitleid mit ihr. Am liebsten hätte er sie geknuddelt, wie sie das manchmal mit ihm tat. Ihr übers Haar gestrichen und zarte Küsschen auf ihre Stirn gedrückt. Aber er hatte sich nicht getraut.

Draußen war es stockdunkel und Wolf spürte den feuchten Nebel auf der Haut. Das Husten des Vaters klang ganz hohl, als käme es aus dem Innersten der Erde. Wolf wurde angst und bange, und er meinte, selbst ein Kratzen im Hals zu spüren.

Das Schiff, das täglich in den Abendstunden die Themse hinabfuhr, lag am Ufer vor Anker. Es war festlich mit Lampions geschmückt. Der Steuermann lief ihnen schon am Kai entgegen und begrüßte sie. Mit seinem gutmütigen runden Gesicht und der roten Knollennase sah er aus wie ein zu groß geratener Zwerg. Er hatte eine ungewöhnlich hohe Stimme, fast wie eine Frau.

»Wie schön, dass Sie wieder da sind!«, rief er laut.

Im Schiffsinnern war es gemütlich warm. Die Fenster waren beschlagen, sodass man nicht hinausschauen konnte – der Raum wirkte dadurch kleiner als sonst. Die Zuhörer, die sich eingefunden hatten, warfen den Mozarts bewundernde Blicke zu.

Wolfgang, Leopold und Nannerl gingen durch die Menge zum Podium, um ihre Instrumente bereitzulegen. Einsam stand das Klavier in der Ecke. Wolf kam es vor, als schaute es ihn flehentlich an: »Spiel auf mir, spiel auf mir!« Ein klein wenig Geduld noch!, dachte er.

Verstohlen zwinkerte er Nannerl zu. Sie hatten die letzten Tage immer wieder heimlich geübt und mittlerweile beherrschte Nannerl das Geigenduo fehlerfrei. Wolf war ungeheuer stolz auf seine Schwester.

Ein lautes »Hallo!« erklang hinter ihm.

Wolf drehte sich um. Da stand ein Mann und wedelte mit Papieren. Er hatte einen wilden Blick, sein Haarschopf und der Bart waren struppig. Wie ein Seeräuber sah er aus, es fehlte nur die Augenklappe. Er hatte mit einer solchen Donnerstimme gerufen, dass es mucksmäuschenstill geworden war. Der Mann betrat das Podium und polterte: »Ich habe schon so viel von Ihnen gehört. Und als Ausdruck meiner Bewunderung habe ich extra für den kleinen Wolfgang etwas komponiert.« Er reichte Wolf die Blätter.

Wolf las sie aufmerksam. Der Mann mochte zwar wild aussehen, aber sein Musikstück war von schlichter Schönheit und gewiss nicht allzu schwierig zu spielen. Es passte so ganz und gar nicht zum Äußeren des Mannes.

Die Hauptmelodie hatte etwas von einem Schlaflied, einem Lied für ein Kind, das nicht ins Bett wollte, weil es Angst vor bösen Träumen hatte.

Wolf nickte freundlich und hielt dem Mann die Komposition wieder hin.

»Es ist für dich! Du darfst es behalten!«, dröhnte der Fremde voller Stolz.

»Oh, vielen Dank!«, sagte Wolf. »Aber ich hab's schon im Kopf.«

Verwundert nahm der Mann die Blätter wieder an sich.

Wolf deutete auf seinen Kopf. »Da drin hab ich's verwahrt.«

Er musste kichern, weil der Mann ihn so ungläubig anstarrte. Als hätte Wolf ihn angeschwindelt.

Ein anderer Mann löste sich aus dem Publikum und trat vor. »Dann spiel es doch!«, rief er. »Das will ich erleben! Oder ist es so gut in deinem Köpfchen versteckt, dass du es nicht mehr findest?«

Die Leuten lachten.

Alles große, erwachsene Menschen und doch führen sie sich kindisch auf, dachte Wolf. Er zuckte mit den Schultern, setzte sich ans Klavier und schon spielte er das Stück auswendig.

Dann wandte er sich dem Mann zu und fragte: »Soll ich ein paar Variationen dazu spielen?«

Dem Mann fielen fast die Augen aus dem Kopf. Er nickte so langsam, dass es kaum zu sehen war.

Wolf spielte das Schlaflied noch einmal, kinderleicht ging das. Es bildete das Grundthema zu seinen Variationen. Man musste immer mit dem Grundthema beginnen – so hatte sein Vater es ihm beigebracht. Wolf spielte und die Variationen wurden immer komplizierter, aber jedes Mal behielt er einen Teil der Grundmelodie bei; wie ein munteres Bächlein plätscherte sie durch das Stück.

Ein wahres Applausgewitter brach los.

Wolf war entzückt. Manchmal war das Publikum so begeistert, dass er zu schweben meinte, hoch in die Luft, geradewegs zu den Wolken, zur Sonne und noch viel weiter.

Er guckte zu Nannerl hinüber und bedeutete ihr zu kommen. Sie stieg aufs Podium, wobei sie ihr Kleid graziös ein wenig anhob. Dann ergriff sie die Geige ihres Vaters und stellte sich neben Wolf.

Zusammen spielten sie das Geigenduo, das sie eine ganze Woche lang geübt hatten. Die Melodie war Wolf inzwischen so vertraut wie ein guter alter Freund.

Wolf wagte es nicht, seinen Vater anzusehen. Stattdessen starrte er die Öllampe an, die an der niedrigen Decke des Schiffs sanft hin und her schaukelte. Wenn sein Vater nur nicht wütend wurde! Am Vormittag noch war Wolf ganz sicher gewesen, dass er sich riesig freuen würde. Jetzt aber war ihm höchst unbehaglich. Er konzentrierte sich auf das Stakkato, das sich ausgelassen durch die Melodie zog, wie ein Kind, das von einem Pflasterstein zum anderen hüpft. Die Pflastersteine, die Unglück brachten, mussten übersprungen werden. Ein großer Sprung von der einen Note zur anderen, von einem Pflasterstein zum nächsten.

Dann ertönte so überwältigender Beifall, dass das kleine wacklige Podium zitterte.

Wolf fasste sich ein Herz und schaute zu seinem Vater hinüber. Der versuchte, ein Lächeln zu verbergen, ganz so als wollte er nicht zugeben, wie beeindruckt er war. Verlegen sah Nannerl Wolf an und dann verbeugten sie sich gleichzeitig.

»Das war ja eine Riesenüberraschung«, sagte ihr Vater, als sie durch die kalte Nacht zur Pension gingen.

Wolf stieß Nannerl an, die strahlte wie ein Stern am Himmel. Er seufzte erleichtert.

»Eins allerdings muss ich dir sagen, Nannerl«, fuhr Leopold fort. »Dass du heute Abend Geige gespielt hast, mag angehen, aber ich bitte dich sehr, das niemals bei Hof zu tun. Der Name Mozart darf nicht beschädigt werden. Wir können uns keine Sperenzchen erlauben, denn …« Ein Hustenanfall schüttelte ihn. Als dieser sich wieder gelegt hatte, ging Leopolds Atem keuchend wie nach einem schnellen Lauf. Über Wolfs Kopf hinweg legte er die Hand auf Nannerls Schulter und sagte: »Wie hast du das überhaupt geschafft?«

Nannerl lachte verlegen.

»Nun ja«, sagte Wolf leichthin, »als ihr heute Nachmittag beim Doktor wart, da hab ich es Nannerl rasch beigebracht. Nach fünf Minuten konnte sie es. Gut, was?«

»Du kleiner Lügenbold!« Der Vater musste schon wieder husten. »Ich glaube zwar an Wunder, aber nicht an solche!«

15

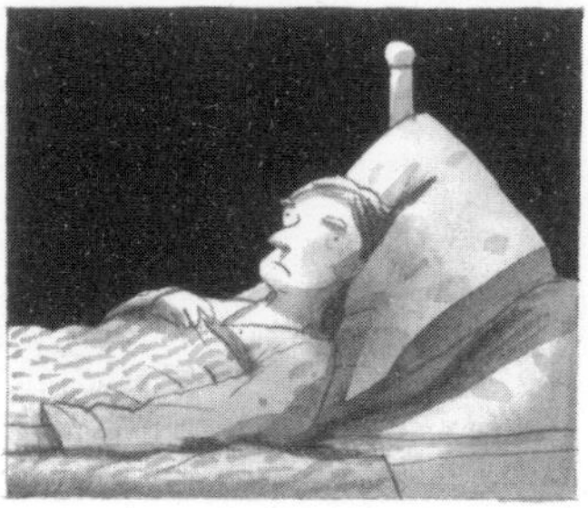

»Du Lügner!«, rief Nannerl empört.

Wolf fuhr herum, sah, dass seine Schwester hinter ihm stand, und sprang auf. Herrn Schachtners Brief, den er gerade gelesen hatte, versteckte er dabei hinter seinem Rücken.

»Du hast heimlich mitgelesen! Das ist eine Frechheit!«, rief er.

»Du kannst doch überhaupt keine Trompetentöne ertragen!« Nannerl fasste um Wolf herum, riss ihm den Brief aus der Hand, hielt ihn hoch und las laut: »Mein lieber Wolf, ich bin ungeheuer stolz auf dich, weil du deine Trompetenangst überwunden hast. Eines Tages wirst du bestimmt eine Symphonie …«

Wolf sprang hoch und versuchte, Nannerl den Brief zu entreißen.

Sie rannte mit dem Brief ans Klavier, klemmte ihn sich

zwischen die Lippen und spielte neckisch eine kleine Melodie. Dazu nuschelte sie, so gut es mit dem Brief im Mund eben ging: »Der kleine Wolf, der kleine Wolf, der ist ein großer Lügenbold …«

»Gar nicht wahr!«, rief Wolf zornig. Er riss Nannerl das Papier weg, stopfte den Brief in die Tasche und schubste die Schwester vom Klavierschemel. Dann klimperte er drauflos und sang dazu: »Jungfer Neugier, Jungfer Neugier!«

Nannerl überschrie ihn: »Lügenbold, Lügenbold!«

»Aber Kinder!« Die Mutter war ins Zimmer getreten. Sie sah aus, als hätte sie geweint; ihre Augen waren feucht und sie wirkte müde. »Bitte, haltet Ruhe! Und kommt mal her zu mir.«

Nannerl und Wolf liefen auf die Mutter zu und umarmten sie. Heimlich versetzte Wolf Nannerl einen Knuff und streckte ihr die Zunge heraus.

»Au!«, rief er, als Nannerl ihn in den Finger biss.

»Ruhe, Kinder!«, flehte die Mutter. Ihre Stimme klang so verzweifelt, dass Wolf sie erschrocken ansah. »Was ist denn, Mama?«

Die Mutter kniete sich hin und seufzte tief. Ihr Atem, der nach Anis duftete, strich an Wolfs Nase vorbei. »Hört zu, Kinder: Papa geht es nicht gut.«

Diese fünf Worte – Papa geht es nicht gut – trafen Wolf wie ein Fausthieb. Er fühlte sich benommen, es war, als stünde auf einmal die Zeit still. Erst langsam wurde ihm richtig bewusst, was seine Mutter da gesagt hatte.

Sie zog Wolf und Nannerl an sich. »Papa hat eine schwere Erkältung«, sagte sie. »Der Doktor hat ihm ans Herz gelegt, in nächster Zeit nicht zu arbeiten. Das bedeutet, dass ihr beide eine Weile nicht auftreten werdet.« Sie atmete flach, dadurch wirkten ihre Schultern breiter als sonst. Schnell sprach sie weiter: »Wir werden uns eine Zeit lang nach Chelsea zurückziehen, damit Papa sich erholen kann. Und euch möchte ich bitten, dass ihr euch möglichst ruhig verhaltet. Papa kann jetzt keinen Lärm vertragen.«

Selbst wenn Wolf wochenlang schweigen müsste, kein Wort sagen dürfte, nicht einmal flüstern – er wollte alles tun, nur damit es seinem Vater bald wieder besser ging.

Nannerl begann zu schluchzen. Die Mutter nahm sie fest in den Arm und drückte ihr zarte Küsschen auf die Stirn.

Das Ganze war wie ein böser Traum. Wolf schien es, als wären seine Mutter und Nannerl plötzlich ganz weit weg und nur noch schemenhaft zu erkennen.

»Kommt, wir gehen kurz zu ihm«, flüsterte seine Mutter. »Aber haltet Abstand. Es wäre nicht auszudenken, wenn ihr auch noch krank würdet.«

Wolfs Beine fühlten sich an, als müsste er durch zähen Sirup waten.

Das Zimmer seiner Eltern war abgedunkelt. Durch einen Vorhangspalt fiel ein vorwitziger Sonnenstrahl herein, in dem unzählige goldene Stäubchen tanzten. Wolf blieb in einiger Entfernung von seinem Vater stehen, und es kam ihm vor, als befände dieser sich am anderen Ende der Welt.

Erschrocken starrte er den kranken Mann im Bett an, der so gar keine Ähnlichkeit mehr mit seinem Vater hatte. Er war grau im Gesicht, und seine Augen waren matt, wie von einer Staubschicht bedeckt. Im Zimmer hing ein dumpfer, fast schon erstickender Geruch.

»Kinder«, sagte der Vater heiser. »Es sieht schlimmer aus, als es ist.«

Der Vater räusperte sich. »Wir gehen die Sache ganz ruhig an. Und sobald ich wieder gesund bin, verlassen wir London. Dann reisen wir nach Dijon, Lyon, Genf, Zürich, Winterthur … und anschließend geht's nach Hause.«

Wolf spürte ein Ziehen in der Brust. Nach Hause! Oh Papa, werd ganz schnell gesund! Zurück nach Salzburg, zurück zu Herrn Schachtner! Ach je, bis dahin musste er ja auch noch seine Trompetenangst überwunden haben! Dann würde er wieder im prächtigen erzbischöflichen Palast mit den roten, seidenbespannten Wänden auftreten. Und an Wintertagen, wenn seine Finger zu kalt zum Klavierspielen waren, die Hände an einem der Holzöfen in der Wohnung wärmen.

Ein trockenes Husten riss ihn aus seinen Gedanken. Das Geräusch tat Wolf in den Ohren weh. Schließlich krächzte sein Vater: »Kinder, ich habe auch eine gute Nachricht: Neulich habe ich mich mit Johann Christian Bach getroffen. Ihr wisst schon, der Sohn des großen Musikmeisters Johann Sebastian Bach. Er wird uns in Chelsea besuchen kommen!«

»Au fein!«, rief Wolf. »Das ist ja wunderbar, Papa!«

Der Vater nickte und brachte mühsam ein Lächeln zustande. »Und jetzt geht, Kinder. Ich brauche Ruhe, ich bin müde.«

Wieder in seinem und Nannerls Zimmer, kam Wolf ins Grübeln. War er nun froh oder traurig? Er fühlte sich hin- und hergerissen. Dass er Johann Christian Bach kennen lernen würde, machte ihn glücklich, ebenso dass sie nach Salzburg zurückkehren würden, wenn sein Vater erst wieder gesund war… aber was, wenn sein Vater nun nicht mehr gesund wurde? Angst krampfte sein Herz zusammen.

Er musste komponieren, nur das konnte ihm jetzt helfen. Auf einmal spürte er so viel Energie in sich, dass er meinte, es sogar mit einem Drachen aufnehmen zu können.

Sein Atem ging schnell und seine Hände zitterten leicht. Er tauchte den Gänsekiel ins Tintenfass und schrieb eifrig die ersten Noten aufs Papier. Er hörte Musik in seinem Kopf, die ganz plötzlich aufgetaucht war. Sie würde ihn nicht wieder loslassen, bis die letzte Note aufgeschrieben war.

Das Stück war ganz anders als seine bisherigen. Es hatte einen schnellen Rhythmus, die Noten wiederholten sich oft und vor allem hatte es etwas Angstvolles. Dazwischen kamen immer wieder heitere melodische Teile, die Mut machten. Und danach gewannen wieder die angstvollen Töne die Oberhand.

Genau so musste es sein. In dem Stück ging es um seinen Vater. Papa, werd gesund! Du bist meine Musik. Wenn du es nicht schaffst, gibt es keine Musik mehr für mich. Ich wünsche mir so sehr, dass du bald wieder der starke Mann bist, der du immer warst!

Wolfs Nacken und Arme waren steif und verkrampft vom hastigen Schreiben. Nun mussten nur noch die letzten Noten trocknen. Ungeduldig wedelte Wolf mit dem Blatt. Dann las er das Stück noch einmal. Er war erschöpft, todmüde.

Aber die Musik hatte ein hoffnungsvolles Ende: Sein Vater würde wieder gesund werden, Wolf war sich nun ganz sicher!

16

Zusammen mit dem liebenswürdigen Johann Christian Bach saß Wolf auf einer Gartenbank. Die Hauswand hinter ihnen war warm von der Augustsonne. Ab und zu spähte Wolf durchs Fenster ins Zimmer seiner Eltern. Er sah, wie seine Mutter immer wieder ans Bett trat und etwas zurechtzupfte oder seinen Vater zudeckte. Aus ihrem Blick strahlte so viel Fürsorge, dass er sich gar nichts anderes vorstellen konnte, als dass sein Vater wieder gesund werden würde.

»Dein Vater wird gesund, es wird alles wieder gut«, sagte Johann freundlich. Wolf wurde bei diesen Worten ganz warm und sein Kopf fühlte sich ganz leicht an.

»Ich merke doch, dass du immer wieder in sein Zimmer schaust«, fuhr Johann fort. Er hatte eine angenehme volle Bassstimme, die ein wenig wie die tiefen Töne eines Cellos klang. »Du kannst es mir wirklich glauben: Ich sehe am Blick deines Vaters, dass er wieder gesund wird. Seine Augen sind voller Lebendigkeit.«

Wolf lächelte. In Johanns Gesellschaft fühlte er sich wohl, bei ihm brauchte er nicht übertrieben höflich zu sein, und Johann lachte gern und herzlich über seine Späße. Wolf gefiel es gut in dem hübschen Chelsea vor den Toren Londons. Es hatte etwas Gemütliches. Gleich nach ihrer Ankunft hatten die Nachbarn sie freundlich willkommen geheißen. Und beim Bäcker oder Metzger wurde Wolf immer wieder gefragt, wie es denn seinem Vater gehe. Viele Leute boten ihre Hilfe an. Solch freundschaftlichen Umgang kannte Wolf bisher nur von Salzburg, deshalb fühlte er sich hier fast wie zu Hause.

Das Häuschen, das sie gemietet hatten, lag im Schatten der Sankt-Lukas-Kirche, und ein Stück weiter, am Ufer der Themse, gab es Werkstätten, in denen Porzellan gefertigt wurde. Man konnte dort hübsche Milchkännchen, Vasen und Schalen kaufen.

Wolf hatte nun viel Zeit zum Komponieren. Und sein Kopf war übervoll von Musik. Seit ihrer Ankunft in Chelsea hatte er so manches zu Papier gebracht: fröhliche Stücke und beschwingte Sonaten für Klavier, Violine und Cello.

»Du weißt doch, wer mein Vater war, oder?«, durchbrach Johanns Stimme die Stille.

Wolf nickte heftig. Selbstverständlich wusste er das: Johanns Vater war der größte Komponist, den es je gegeben hatte.

»Er war fünfundsechzig, als er starb«, fuhr Johann fort. »Und ich habe ihn mehrmals krank erlebt. Aber beim letzten Mal wusste ich, dass er nicht wieder gesund würde.«

»Haben Sie das auch an seinem Blick gesehen?«, fragte Wolf.

Johann schüttelte den Kopf. »Nein, ich habe es an seiner Stimme gehört. An seinem Blick war nichts mehr abzulesen, denn er war am Ende vollkommen blind. Aber seine Stimme …« Sekundenlang starrte Johann vor sich hin und musste mehrmals schlucken. »Nun, ich konnte hören, dass er keine Kraft mehr zum Kämpfen hatte.«

Johann rieb sich die geröteten Augen. »Weißt du, ich leide unter Heuschnupfen.«

Er zückte sein Taschentuch und trompetete lautstark hinein.

Wolf lachte schallend. Er hatte schon befürchtet, Johann habe vor Kummer um seinen Vater rote Augen.

»Entschuldige bitte«, sagte Johann. »Leise schnäuzen kann ich mich nun mal nicht.«

»Ich auch nicht!«, kicherte Wolf. »Meine Mutter sagt immer, ich darf dabei keine Geräusche machen, aber das geht doch nicht. Sonst bleibt ja die Hälfte vom Rotz in der Nase.«

Um Johanns Mundwinkel zuckte es. »Du bist einfach köstlich«, schmunzelte er.

Wolf konnte kaum glauben, dass er hier in einem Garten voller Blumen und summender Insekten mit dem Musikmeister vom King's Theatre saß und sie sich über Rotznasen unterhielten.

Er musste lachen.

Wolf überlegte, ob er Johann sein Geheimnis anvertrauen sollte. Da fuhr dieser bereits fort: »Kennst du die Musik meines Vaters?«

Und ob Wolf diese Musik kannte! Sie war ja so herrlich! Wenn er selbst je so schön würde komponieren können wie Bach ... ach, wie stolz würde der Vater dann auf ihn sein!

»Weißt du, was das Besondere an seiner Musik ist?«

Wolf suchte lange nach den richtigen Worten. Er spähte zur Kirche hinüber, als könnten die Glocken, die gerade zu läuten begonnen hatten, die Antwort geben. Bachs Musik klang wunderschön und auch schlicht. Aber Wolf wusste nur zu gut, wie schwierig es war, sie fehlerfrei zu spielen. Und alle Melodien herauszuholen, das war womöglich das Schwierigste. Er lächelte seinen neuen Freund an. »Dass mehrere Melodien drin sind«, sagte er, »sowohl in den Obertönen wie auch in den Untertönen.«

»Sehr gut, Wolf«, lobte Johann. »Es ist ganz außerordentlich, dass ein Junge deines Alters ein solches musikalisches Gespür hat. Das ist ein Geschenk des Himmels, wirklich.« Johann hob den Blick, kniff die Augen zusammen und spähte in die Sonne am klaren blauen Himmel. Dann zupfte er an seinem samtenen Wams und sagte: »Aber da ist noch mehr. Das wäre dir früher oder später bestimmt auch aufgefallen. Es ist etwas ganz Bestimmtes, was es mit seiner Musik auf sich hat.« Er sagte es so, als wollte er Wolf eine geheime Zauberformel anvertrauen, einzig und allein für seine Ohren bestimmt.

Wolf brannte vor Neugier.

»Seine Musik, vor allem die mehrstimmige, ist so geschrieben, dass das ganze Stück sozusagen in sich zusammenbricht, wenn man auch nur eine einzige Note weglässt. Dann bleibt nichts mehr. Hinzu kommt, dass auch ein Laie es sofort merkt, wenn man eine falsche Note anschlägt. Bei jedem anderen Komponisten kann man schummeln, wenn man daneben greift. Man klimpert darüber hinweg und keiner merkt es. Aber bei meinem Vater geht das nicht. Bei ihm sind alle Noten gleich wichtig.« Einen Moment lang verdüsterte sich Johanns Miene. »Leider Gottes habe ich ihn nur fünfzehn Jahre lang gekannt. Er hätte mir noch so viel beibringen können, genau wie du noch viel von deinem Vater lernen wirst.« Johann strich über Wolfs wirren Haarschopf und sagte: »Verlass dich drauf, er wird wieder gesund. Und du kannst stolz sein, dass du einen so besonderen Vater hast!«

Wolf war zumute, als würde alles in und um ihn singen. Die bunten Blumen in dem leicht verwilderten Garten, die summenden Insekten, die zirpenden Grillen, die rauschenden Baumkronen am Fluss ein Stück entfernt. Er seufzte zufrieden und sagte dann: »Ich hab mir was ausgedacht, damit mein Vater schneller gesund wird.«

»Was denn?«, fragte Johann. Er beugte sich neugierig vor und zog die Brauen hoch, sodass sie sich leicht kräuselten.

»Sie dürfen es aber niemandem verraten, ja? Es ist nämlich eine Überraschung.«

»Versprochen!«, sagte Johann und hielt den Zeigefinger an die Lippen.

»Also, es ist so: Ich kann keine Trompetentöne ertragen.«

Johann hob die Brauen noch weiter und zog eine lustige Grimasse. Wolf musste ein wenig lachen.

»Trompetentöne kannst du nicht ertragen?«, staunte Johann. »Dabei trompetest du doch selber, wenn du dir die Nase putzt!«

»Stimmt!« Wolf prustete los, die Lachtränen traten ihm in die Augen. »Das schon! Aber die Trompetentöne tun mir in den Ohren weh«, fuhr Wolf fort. »Ich kann das kaum aushalten. Aber jetzt hab ich mir überlegt, dass ich eine Symphonie mit Trompete schreibe. Für Papa. Der glaubt nämlich, das würde ich wegen meiner Trompetenangst nie können.«

Johann lachte dröhnend. »Andere Leute haben Höhenangst oder Platzangst. Aber unser Wolfgang Amadeus Mozart, der hat Trompetenangst!«

»Pssst!«, machte Wolf. Er wollte nicht, dass jemand mithörte. Schnell spähte er durchs Fenster zu seinem Vater hinein, der offenbar fest schlief. Seine Brust hob und senkte sich, nur manchmal zuckte er mit dem Kopf. Flüsternd fuhr Wolf fort: »Ich schreibe eine Symphonie. Gleich morgen fange ich an. Und wenn sie fertig ist, dann zeige ich sie meinem Vater. Davon wird er bestimmt ganz schnell gesund.«

»Das ist eine grandiose Idee!« Johann schlug nach einer Fliege, die ihm um den Kopf summte. »Und welche Instrumente sollen darin vorkommen?«

Das hatte Wolf sich genau überlegt. Er setzte sich gerade hin und zählte auf: »Oboen, Hörner, Geigen, eine Altvioline, ein Cello, ein Bass und … eine Trompete selbstverständlich.«

»Ich bin ungeheuer gespannt.« Johanns Augen strahlten. »Zeigst du mir die Symphonie, wenn sie fertig ist?«

Wolf nickte. »Mein Papa wird sich so sehr freuen, dass er in kürzester Zeit wieder munter ist wie ein Fisch im Wasser. Als wäre er nie krank gewesen.«

»So wird es sein, ganz gewiss!«, stimmte Johann ihm zu.

17

Die letzten Tage hatte Wolf sich immer wieder ausgemalt, wie sein Vater reagieren würde, wenn er ihm die Symphonie überreichte. In Gedanken sah er ihn erst ungläubig dreinschauen und dann voller Stolz strahlen. Die Krankheit wäre mit einem Schlag fort und er würde wieder vor Energie sprühen.

Die Sache mit der Trompete hatte allerdings nicht geklappt, weil Wolf beim Komponieren nicht richtig vorgegangen war: Er hatte erst die Musik für alle anderen Instrumente geschrieben: zwei Oboen, zwei Hörner, erste und zweite Geige, eine Altvioline und einen Bass. Die Trompetenmelodie hatte er bis zum Schluss aufgeschoben. Es war so ähnlich wie bei einer Mahlzeit, bei der alles lecker schmeckt, bis auf den Spinat. War man schlau, dann aß man den Spinat gleich zu Anfang auf, damit man es hinter sich hatte, und anschließend all die leckeren Sachen. Wolf dagegen machte es immer umgekehrt, und am Ende war ihm der Spinat dann von Herzen zuwider und passte außerdem nicht mehr in den Magen, sodass er sagte: »Ich kann nicht mehr!«

So war es ihm auch mit der Symphonie ergangen. Er wollte die Trompete einfach nicht mehr drinhaben: Sie passte nicht dazu. Ob er den Vater damit enttäuschte? Oder wäre er trotzdem stolz, dass sein Sohn zum ersten Mal eine Symphonie geschrieben hatte? Noch nie zuvor hatte Wolf ein Stück für so viele Instrumente komponiert – davon musste der Vater doch einfach gesund werden!

Kritisch las Wolf noch einmal den dritten Teil, das Presto* (6). Dabei gingen ihm Johanns Worte durch den Kopf. Würde wohl auch seine Symphonie in sich zusammenbrechen, wenn eine einzige Note fehlte? Wohl eher nicht. Dennoch war Wolf recht zufrieden mit sich selbst. Das Presto rundete das Ganze harmonisch ab, es hüpfte und jauchzte vor Freude. Wolf sah einen prachtvollen Ballsaal vor sich, wie bei König Georg, mit Kristalllüstern, goldenen Wandverzierungen und prächtigen Gemälden. Damen mit kunstvollen Frisuren und glitzernden Diademen. Herren mit gefältelter Hemdbrust. Hoheitsvoll tanzten sie im Kreise, mit erhobenem Kinn und verhaltenem Lächeln.

Ja, der Vater *musste* einfach stolz auf ihn sein, das ging gar nicht anders.

Wolf rannte in den Flur und blieb vor dem Zimmer der Eltern stehen. Im Lichtstrahl, der durch den Türspalt in den dämmrigen Flur fiel, flirrten winzige Stäubchen. Wolf hörte ganz deutlich Sebastians Stimme. »In Holland hat man viel für Musik übrig, Herr Mozart«, sagte er gerade. »Und man ist sehr offen für Entwicklungen aus dem Ausland. Gewiss lohnt es die Mühe.«

»Klingt interessant. Aber glaubst du wirklich, dass man uns in dem kleinen Land zu schätzen weiß?«

»Da bin ich mir ganz sicher, Herr Mozart. Die Holländer haben einen ausgeprägten Sinn für ...«

Wolf stieß die Tür weit auf. Dieses Gespräch durfte auf keinen Fall weitergehen. Das stand genauso fest wie seine Liebe zur Musik und das Heimweh nach Salzburg.

»Hallo!«, rief er munter.

»Wolf, komm her zu mir«, sagte der Vater. »Wir reden gerade von Holland. Sebastian meint ...«

»Papa«, fiel ihm Wolf ins Wort. »Ich hab eine Überraschung für dich!« Er wollte nicht hören, was sein Vater über Holland erfahren hatte. Nicht jetzt, da er sich so sehr über seine Symphonie freute. Denn irgendwie spürte er, wohin dieses Gespräch führen könnte – deshalb: fort damit! Fort!

»Soll ich Sie kurz allein lassen?«, fragte Sebastian.

Wolf nickte und setzte sich auf die Bettkante des Vaters. Der sah schon viel besser aus. Seine Augen glänzten wieder und er hustete auch nicht mehr so schlimm. Allerdings war er noch blass und ziemlich mager. Aber der Arzt hatte gesagt, er würde wieder gesund. Und Wolf war sicher, dass das jetzt ganz rasch gehen würde, wenn er seine Symphonie zu Gesicht bekam.

»Guck mal, Papa, das hab ich für dich geschrieben.« Wolf reichte dem Vater die Blätter mit den sauber aufgeschriebenen Noten.

Aufmerksam begann der Vater zu lesen. Eine ganze Zeit lang war nur das leise Rauschen des Windes von draußen zu hören. Hin und wieder schnaufte sein Vater durch die Nase, wie meist, wenn er sich konzentrierte.

Wolf schlug das Herz bis zum Hals, so nervös war er inzwischen. Er konnte die Hände einfach nicht still halten. Erst klemmte er sie zwischen die Beine, dann legte er sie auf den Schoß und im nächsten Moment verschränkte er die Finger. Sein Atem ging unregelmäßig, aber wenn er darauf achtete, wurde es nur noch schlimmer.

Es dauerte eine Ewigkeit. Dann ließ sein Vater die Notenblätter sinken. Er sah aus, als würde er nachdenken. Mit gerunzelter Stirn starrte er abwesend vor sich hin. Wenn sein Vater lange und tief nachdachte, durfte man ihn nicht stören, sonst gerieten seine Gedanken durcheinander – das wusste Wolf. Jetzt aber hielt er es nicht mehr aus.

»Und? Was sagst du dazu?«, rief er.

Leopold lächelte. Nicht nur mit dem Mund, auch mit den Augen, ja, mit dem ganzen Körper, wie es schien. »Verzeih mir, dass ich dich auf die Folter gespannt habe, Wolf. Aber ich versuche, die richtigen Worte zu finden.«

»Die richtigen Worte – wofür?«, fragte Wolf ungeduldig.

»Für meine Freude darüber!«

»Worüber?«, fragte Wolf unsicher.

»Über deine erste Symphonie natürlich! Du hast das ganz wunderbar gemacht, mein Junge!« Er zog seinen Sohn an sich und drückte ihn fest. »Ich bin unsagbar stolz auf dich!«

Wolf war überglücklich. Genau so hatte er es sich ausgemalt. Aber *bevor* er die Trompete endgültig verworfen hatte. Danach war er nicht mehr so sicher gewesen, ob sein Vater sich freuen würde.

»Meinst du nicht, dass was fehlt?«

»Mein lieber Wolf, diese Symphonie ist vollkommen. Trompeten wären darin absolut überflüssig. Die kannst du bei anderer Gelegenheit in eine Symphonie einbauen. Wirklich, es ist wunderbar so!«

»Wirst du jetzt ganz schnell wieder gesund?«, fragte Wolf vorsichtig.

Der Vater strahlte. Er sah jetzt ganz und gar nicht mehr wie ein Mann aus, der viele Wochen schwer krank gewesen war, und von Schwäche war nichts mehr zu merken. »Versprochen!«, sagte er.

Die Mutter steckte den Kopf ins Zimmer. »Wolf, es ist Zeit zum Schlafengehen. Kommst du?«

»Noch rasch das Gutenachtlied«, sagte Wolf.

»Au fein!«, klang es vom Flur her. Nannerl kam ins Zimmer gehüpft und setzte sich neben Wolf aufs Bett. Ihr Blick fiel auf die Notenblätter. Sie nahm die erste Seite und sagte dann: »Papa, ich wusste gar nicht, dass du immer noch Symphonien schreibst!«

Der Vater und Wolf tauschten einen verschwörerischen Blick.

Dann sangen sie zusammen: »O ragnia fia ga-ta fa marina gamina fi fa fu!«

18

Seit Mitte September waren Wolf und seine Familie wieder zurück in der hübschen Pension mit dem Kanarienvogel im Herzen Londons. Diesmal wohnten sie im obersten Stockwerk, wo sie ganz für sich sein konnten. Sie hatten drei Zimmer: je eins für die Eltern, für Wolf und Nannerl und für Sebastian. Und dazu eine kleine gemütliche Wohnstube mit Sofa und Essplatz. Neben deren Tür hing ein nicht gerade meisterlich gemaltes Stillleben*, das eine Obstschale zeigte. Wolf störte vor allem der völlig unförmige Apfel. Er versuchte, möglichst nicht hinzusehen, aber wie immer, wenn er etwas auf keinen Fall tun wollte, fiel ihm das unendlich schwer.

Zusammen mit Johann Christian Bach saß Wolf am Fenster neben dem Holzofen. Es war so warm im Zimmer, dass seine Wangen glühten. Draußen heulte der Dezemberwind über die Dächer und trieb Schneeflocken gegen das Fenster.

»Wolf«, sagte Johann mit seiner sanften, tiefen Stimme. »Weißt du, wie es dazu kam, dass die Leute solche Kugeln aufhängen?« Er deutete auf die Tür, über der glänzende Kugeln hingen, in denen sich das Zimmer verzerrt spiegelte.

Nein, das wusste Wolf nicht. Es gab so vieles, was er nicht wusste. Das merkte er vor allem beim Zusammensein mit Johann, denn der wusste einfach alles.

»Also, hör zu! Anfangs hängte man hier in England schimmernde Kupferkugeln über den Kamin oder die Tür, um böse Geister und Hexen abzuwehren. Deshalb spricht man auch von Hexenkugeln.« Nachdenklich strich sich Johann übers Kinn und sah schweigend zur Tür. »Und wenn dann ein böser Geist ins Haus wollte«, fuhr er fort, »dann sah er in der Kugel sein eigenes Spiegelbild. Das erschreckte ihn so sehr, dass er die Flucht ergriff.«

Wolf grinste. Das konnte er sich lebhaft vorstellen: Ein böser Geist sieht in der Kugel seine eigene hässliche Fratze und erschrickt darüber zu Tode …

Johann lächelte geheimnisvoll. »Und genauso ist es mit bösen Gedanken. Auch sie werden von der Kugel abgeschreckt.«

Wolf spähte zur Tür. In den Kugeln spiegelte sich vielfach das Kerzenlicht. Er fand die Geschichte spannend; bestimmt würde er sie so schnell nicht wieder vergessen.

Johann stand auf. »Und nun komm, Wolf. Wir spielen noch ein wenig vierhändig.«

Wolf setzte sich kerzengerade ans Reiseklavier, rechts neben Johann. Inzwischen kannte er das Stück, das so herrlich kompliziert klang, auswendig. Hätte er selbst vier Hände, dann könnte er es Herrn Schachtner vorspielen, wenn sie demnächst wieder in Salzburg waren.

Am besten gefiel Wolf der Triller*. Mit Zeige- und Mittelfinger führte er ihn in schnellem Wechsel aus. Dann erfüllten muntere, schnelle Akkorde den Raum. Das Stück erinnerte Wolf an das Marionettentheater, das jeden Sonntag auf dem Platz vor ihrem Haus in Salzburg Vorstellungen gab. An die bunten Porzellanfiguren an Fäden, die die verschiedensten Bewegungen machten, die tanzten und sprangen. Aber so munter die Begleitmusik auch klang, die Puppengesichter blieben stets ausdruckslos.

Langsam verklang die Musik. Sie schlugen den letzten Akkord an, der überlaut durchs Zimmer schallte. Wie ein Knall nach tiefer Stille.

»Du wirst mir fehlen, demnächst«, sagte Johann.

»Aber wir sind doch noch da!« Wolf drehte sich zu seinem Vater um, der auf dem Sofa saß und in ein Buch vertieft war. »Nicht wahr, Papa?«

Zerstreut blickte der Vater auf. »Was ist los?«

»Wir gehen noch nicht aus London weg, oder?«

Der Vater schaute ernst drein, wie öfter in letzter Zeit. Manchmal hatte Wolf das Gefühl, er verschweige etwas.

»Kommt mal her, Nannerl und Wolf«, sagte sein Vater.

Das klang ernst: Wolf bekam einen leichten Schreck.

Nannerl sprang von ihrem Stuhl auf, hüpfte zu ihrem Vater hin und setzte sich neben ihn.

Jetzt ist sie schon dreizehn Jahre alt, dachte Wolf, aber sie hüpft noch immer.

»Hört zu. Wie ihr wisst, ist das Publikum in der letzten Zeit hier ein wenig zurückhaltend.«

Ja, das hatte Wolf sehr wohl gemerkt. Anfangs hatte es so ausgesehen, als wollte ihr Erfolg kein Ende nehmen, aber in den letzten Wochen war es ruhiger um sie geworden. Schön war das nicht gerade, und zudem verdienten sie dadurch kaum noch Geld. Stattdessen bekamen sie von den Adligen, in deren Häusern sie auftraten, Gegenstände wie Schnupftabaksdosen und Uhren, was Leopold wenig behagte. Trotzdem: Wolf gefiel es hier, vor allem dank seines lieben Freundes Johann.

Der Vater richtete sich ein wenig auf und sagte: »Ich habe in letzter Zeit mit unserem Sebastian viel über Holland gesprochen.«

Erschrocken sah Wolf zu Sebastian hinüber, der gerade Holzscheite in die Ofenklappe schob. Er hatte gute Lust, Sebastian einen Eimer Jauche über den Kopf zu kippen. Gleich darauf musste Wolf grinsen, denn er sah die Szene bildlich vor sich: Wie die stinkende braune Brühe über Sebastians Haar rann und von seinen Schultern auf den Boden tropfte, sodass er dastand wie ein begossener Pudel!

Ui! Und wenn nun die Hexenkugeln diesen bösen Gedanken zurückwarfen?

»Was gibt's zu grinsen?«, fragte Nannerl argwöhnisch.

»Nichts«, erwiderte Wolf. Schlagartig war er wieder in der Wirklichkeit.

Der Vater zog ihn an sich. »Unser Wolf ahnt es schon und freut sich darauf«, sagte er zu Nannerl. »Nun schau nicht so ängstlich drein.« Er tätschelte Nannerls Knie. »Der holländische Gesandte* hat uns eingeladen, und zwar im Namen von Prinzessin Caroline höchstpersönlich. Außerdem hat mir unser Sebastian viel Gutes über sein kleines Heimatland erzählt. Wir gehen also nach Holland, Kinder! Nicht heute und nicht morgen, aber im Sommer. Erst muss ich noch einige Vorbereitungen treffen. Außerdem scheint es mir nicht ratsam, so kurz nach meiner Krankheit durch die Winterkälte zu reisen. Wir warten also noch ein Weilchen.«

Es war mäuschenstill im Raum. Am liebsten hätte Wolf geschrien. So laut, dass die Fensterscheiben platzten. Aber es hatte ja keinen Sinn. Wenn sein Vater sich etwas in den Kopf gesetzt hatte, war er nicht mehr davon abzubringen. Wolf fühlte sich klein und hilflos.

»Aber …« Nannerls Stimme klang piepsig. »Aber dann dauert es ja noch länger, bis wir wieder nach Salzburg gehen!«

»Das schon«, sagte ihr Vater. »Aber in Holland, Kinder, darüber habe ich mich gut erkundigt, in Holland weiß man unsere Musik zu schätzen. Wir müssen da unbedingt hin!«

19

»Wolf, spielst du heute die Eckard*-Sonate?«, fragte sein Vater ihn im Flüsterton.

Wolf nickte. Er fühlte sich unbehaglich in seinem zu engen Samtanzug, dessen Kragen ihn zwickte und zwackte. Bald würde er ganz herausgewachsen sein.

Das Podium war mit Kerzen festlich beleuchtet, deren Flammen sich im Takt von Nannerls Musik zu wiegen schienen. Ihre schlanken Finger glitten über die Tasten und sie neigte den Oberkörper bald zur einen, bald zur anderen Seite. Wenn sie einen Akkord anschlug, machte sie manchmal mit der rechten Hand einen kleinen Schlenker durch die Luft über die linke hinweg – das sah dann aus, als wüsste sie nicht weiter, aber dem war nicht so und sie spielte munter weiter.

In der letzten Woche waren sie jeden Nachmittag im

Gasthaus »The Swan and Hoop« aufgetreten, einem beliebten Treffpunkt für Musikfreunde. Das Interesse war nicht allzu groß gewesen, aber heute, am letzten Abend, war der Saal gerammelt voll. Nach dem Konzert sollten alle Besucher Gelegenheit haben, Wolfs neueste Sonaten für Klavier, Violine und Cello zu kaufen. Diese hatte Wolf der Königin von England gewidmet. So konnten die Mozarts am letzten Abend vor der Weiterreise noch etwas Geld zusätzlich verdienen.

Wolf war furchtbar aufgeregt. Das Herz schlug ihm bis zum Hals und er konnte kaum still stehen. Das hatte einen besonderen Grund: Nach seinem Auftritt wollte er Johann Christian Bach mit einer eigenen Komposition überraschen. Wolf konnte es kaum erwarten, Johanns Gesicht zu sehen. Außerdem durfte er bei der Ankündigung keinen Fehler machen: Er musste die Worte genau so sagen, wie er es abends im Bett unzählige Male still geübt hatte.

Endlich war es so weit. Nannerl verließ unter donnerndem Applaus das Podium. Jetzt war Wolf an der Reihe.

Feierlich setzte er sich ans Klavier. Seine Jacke spannte am Rücken so sehr, dass er das Gefühl hatte, seine Arme würden nach hinten gezogen. Unauffällig knöpfte er den Kragen auf. Im Zuschauerraum erklang leises Lachen.

Die Eckard-Sonate. Wolf beherrschte sie erst seit ein paar Wochen. Sein Vater hielt sie für eines der schwierigsten Stücke, die je geschrieben wurden. Wolf hatte daraufhin erwidert: »Aber wenn ich mal daneben greife, hört das niemand. Ich klimpere einfach drüber hinweg. Bei Bach dagegen geht so was nicht.« Ja, Wolf hatte viel von Johann gelernt, darauf war er sehr stolz.

Die Eckard-Sonate begann mit einem schnellen Galopp. Wolf stellte sich durchgehende Pferde vor, die so weit in einen Fluss hineinrannten, dass nur noch ihre Köpfe über Wasser waren. Der zweite Teil war langsamer. Die Pferde waren erschöpft. Seit Stunden trabten sie durch eine öde Gegend und suchten nach Wasser. Endlich fanden sie einen Bach und labten sich an dem kühlen Nass. Dann kam der dritte Teil: ein schneller Tanz. Die Pferde hatten ihren Durst gelöscht, sie bäumten sich auf und wieherten vor Freude. Jetzt konnten sie weiter.

Die letzte Note. Dann überwältigender Beifall. Das hölzerne Podium zitterte unter Wolfs Füßen. Seine Zehen kribbelten.

Allmählich verebbte der Applaus, als verschwände er in einer Schachtel, auf die langsam der Deckel gelegt wurde.

Wolf holte tief Luft. Fest richtete er den Blick auf seinen Freund Johann und sagte laut und deutlich: »Ich habe eigens für Johann Christian Bach ein Stück geschrieben. Weil er ein lieber Mensch ist und mir viel Schönes erzählt hat. Das Stück ist natürlich nicht so gut wie die Musik seines Vaters, denn bei meiner Komposition kann man ruhig ein paar Noten abändern, ohne dass alles in sich zusammenbricht. Ich will ihm damit einfach nur sagen, dass er mir ein guter Freund ist.« Puh, geschafft! Wolfs Stimme hatte zwar ein wenig gezittert, aber er hatte kein Wort vergessen und nicht ein einziges Mal gestottert. Und alle hatten gemerkt, dass er es ehrlich meinte.

Johann zwängte sich durch das Publikum nach vorn und stieg aufs Podium. Vor lauter Rührung hatte er Tränen in den Augen.

Wolf musste lachen: Johann kannte das Stück noch gar nicht und war trotzdem schon gerührt!

Johann kniete sich nieder und umarmte Wolf liebevoll.

Ganz klein kam Wolf sich in Johanns Armen vor, dabei war er inzwischen doch schon neun Jahre alt. Er wurde aber oft für jünger gehalten.

»Ich danke dir, lieber Wolf! Ich habe jede Minute genossen, die wir hier in England zusammen waren!« Er strich Wolf übers Haar und fragte: »Spielst du das Stück für mich?«

Zustimmendes Raunen im Saal. Offenbar waren alle neugierig auf Wolfs Geschenk an den großen Musikmeister des King's Theatre.

Mit leicht zitternder Hand reichte Wolf Johann die Komposition und setzte sich dann ans Klavier. Er war angespannt und nervös. Da spürte er eine warme Hand auf seiner Schulter, die Hand seines Freundes Johann, der ihm beim Spielen zuschauen wollte.

Jetzt war Wolf ganz ruhig und schon glitten seine Finger über die Tasten. Ein anrührendes Abschiedslied war das Stück nicht gerade, eher ein Ausdruck seiner Freude darüber, Johann begegnet zu sein. Dank ihm hatte Wolf sich in England wohl gefühlt und in letzter Zeit nur selten Heimweh nach Salzburg gespürt. Und vor allem hatte Johann ihm während der Krankheit seines Vaters beigestanden und ihn getröstet. All das brachte er mit seinem Stück zum Ausdruck.

»Wunderschön«, sagte Johann, als die letzte Note verklungen war.

Wolf strahlte.

»Ich werde das Stück jeden Abend spielen!«, rief Johann Wolf zu, während Applaus aufbrandete. Die Worte kitzelten sein Trommelfell.

»Jeden Abend!«, bekräftigte Johann noch einmal, »vor dem Schlafengehen. Dann bin ich immer bei dir!«

20

Den Haag, den 22. Oktober 1765

Lieber Herr Schachtner,

seit über einem Monat sind wir nun hier. Den Haag ist eine schöne Stadt, ein wenig wie Paris, nur sind die Häuser nicht so stattlich und nicht ganz so hoch.
Wir haben eine weite Reise hinter uns. Von London aus sind wir mit der Postkutsche nach Dover gefahren. Dort haben wir nach Calais übergesetzt. Zum Glück bin ich diesmal nicht seekrank geworden. In Calais stand unsere Kutsche bereit und wir sind nach Lille, Gent, Antwerpen und Moerdijk gefahren. In Moerdijk haben wir die Kutsche wieder untergestellt und sind von Rotterdam mit der Treckschute* nach Den Haag. Das klingt alles sehr spannend, aber ich wäre trotzdem lieber noch ein Weilchen in England geblieben. Dort habe ich nämlich Johann Christian

Bach kennen gelernt, der mir ein guter Freund geworden ist. Mit ihm konnte ich wunderbar über Musik reden. Vielleicht besucht er mich eines Tages in Salzburg, dann können Sie ihn auch kennen lernen.

Ich bin jedenfalls froh, dass wir jetzt wieder in einer hübschen Pension wohnen. Wir mussten viele Wochen lang in Herbergen übernachten und manche waren ungeheuer dreckig! Alles klebte und stank dort. Ich habe mir Läuse eingefangen und an Kopf und Hals lauter rote Flecken bekommen, die scheußlich gejuckt haben. Ich musste mich immerfort kratzen, und Mama meinte, auf meinem Kopf würde eine ganze Läusefamilie hausen.

Kurz nach unserer Ankunft in Den Haag ist Nannerl krank geworden. Papa sagt, es ist nur eine leichte Erkältung, die bald wieder vorbeigeht. Aber mir kommt es komisch vor, dass ich so lange nicht zu Nannerl darf. Unsere Eltern haben wohl Angst, ich könnte auch krank werden. Aber eine leichte Erkältung ist doch nichts sehr Schlimmes, oder? Nun ja, bis Ihre Antwort auf meinen Brief kommt, ist Nannerl bestimmt längst wieder gesund. Sie fehlt mir sehr. Jetzt habe ich niemanden, den ich ärgern kann. Ich sitze in einem anderen Zimmer und schreibe und musiziere, das ist natürlich auch schön.

Ich freue mich sehr, dass Ihnen meine erste Symphonie gut gefällt. Und vor allem, dass Sie nicht enttäuscht sind, weil ich die Trompete weggelassen habe. Schließlich sind Sie ja Hoftrompeter! Ich ertrage Trompetentöne wohl doch nicht so gut, wie ich dachte.

Übrigens habe ich heute Morgen gehört, wie mein Vater zu mei-

ner Mutter sagte, dass wir – wenn Nannerl gesund ist – bald nach Salzburg zurückkehren. Darauf freue ich mich schon sehr! Wieder zu Hause sein, das wird herrlich! Dann können Sie uns wieder ganz oft besuchen.
Nun muss ich schließen, damit mein Papa den Brief zusammen mit seinem aufgeben kann.

Herzliche Grüße
Wolf

Aufmerksam las Wolf den Brief noch einmal durch. Sein Blick blieb an dem Namen Johann haften. Ach, sein Freund fehlte ihm so sehr! Dafür gab es gar keine Worte! Womöglich fehlte Johann ihm noch mehr als sein Zuhause in Salzburg. Aber die Zeit mit ihm lag ja auch noch nicht lange zurück und war daher frisch im Gedächtnis. Wolf hatte noch Johanns warme tiefe Stimme im Ohr, so lebendig, als stünde sein Freund neben ihm. Und an Johanns Abschiedsworte erinnerte er sich ganz genau: »Auf der Theaterbühne können niemals mehrere Stimmen zugleich sprechen, sonst gibt es ein wüstes Durcheinander«, hatte er gesagt. »In der Musik dagegen können gut und gern zwanzig Stimmen zugleich sprechen, und das in perfekter Harmonie.«

Seitdem wünschte sich Wolf, noch andere Stücke für mehrere Instrumente zu schreiben. Er wollte Großes vollbringen! Musik schreiben, die die Zuhörer in Ehrfurcht erstarren ließ.

Ein röchelndes Husten aus dem Zimmer nebenan riss

Wolf aus seinen Träumereien. Es klang, als würde Nannerl keine Luft mehr bekommen. Wolfs Herz krampfte sich zusammen, und er bekam Angst, die sich noch steigerte, als sein Blick auf das Gemälde mit dem traurigen Zigeunermädchen über dem Tisch fiel: In ihren Augen lag eine große Hoffnungslosigkeit.

Der Vater hatte zwar gesagt, Nannerl habe nur eine leichte Erkältung, aber warum durfte Wolf dann so lange nicht zu ihr? Und warum taten die Eltern so geheimnisvoll, wenn er nach Nannerl fragte?

Ein neuerlicher Hustenanfall und dann verzweifeltes Schluchzen.

Wolf wurde angst und bange, denn das klang ganz und gar nicht nach einer leichten Erkältung. So wie sich das anhörte, würde Nannerl nicht so schnell wieder gesund werden. Und das bedeutete auch: vorläufig keine Rückkehr nach Salzburg.

Wolf lehnte sich aus dem Fenster. Er hatte einen Kloß im Hals, der – sooft er auch schluckte – nicht verschwinden wollte. Vor der Pension lag ein von Bäumen beschattetes Rasenrondell mit Spazierwegen. Frischer Seewind strich ihm übers Gesicht, und Wolf meinte, das Salz darin schmecken zu können.

Jenseits des Rasens standen Häuser mit breiten Fenstern, verzierten Giebeln und Freitreppen davor. Wolf sah so viel Schönes um sich – genug Anregungen für ein neues Musikstück. Und hin und wieder hörte er im Kopf auch Melodien, Bruchstücke einer neuen Komposition. Aber er konnte sich nicht darauf konzentrieren, da er viel zu angespannt war – als stecke er in einem zu engen Anzug.

Mit einem Quietschen ging die Tür auf. Sein Vater kam ins Zimmer. Er wirkte ernst und besorgt und sein Lächeln verrutschte ihm ein wenig. Verunsichert ging Wolf auf ihn zu und gab ihm seinen Brief an Herrn Schachtner.

»Aha, sehr schön«, sagte sein Vater abwesend. »Morgen bringt Sebastian ihn weg.«

»Warum nicht heute?«, fragte Wolf. Sein Vater hatte doch gesagt, falls er Herrn Schachtner ein paar Zeilen beilegen wollte, müsse er unbedingt heute schreiben.

Leopold wandte den Blick zum Fenster. »Weil Sebastian unterwegs ist, er holt den Doktor.«

Wolf blieb fast das Herz stehen. »Ist was Schlimmes mit Nannerl?«, fragte er atemlos.

Leopold schüttelte den Kopf. »Kein Grund zur Sorge. Aber sie muss bald wieder gesund werden, weil wir bei Prinz Wilhelm von Oranien und seiner Schwester, Prinzessin Caroline, eingeladen sind. Wir sollen ein Konzert geben.«

»Wann?«, fragte Wolf.

»Schon in vier Tagen.«

21

Sebastian hatte den Brief noch immer nicht aufgegeben! Wolf betrachtete den braunen Umschlag, auf dem deutlich »Johann Andreas Schachtner« stand. Er lag auf der Kommode im Flur. Ob Sebastian ihn vergessen hatte? Warum nur waren alle so hektisch? Und warum hatten seine Eltern mit keinem Wort erwähnt, dass sie gleich nach Nannerls Genesung nach Salzburg zurückkehren würden? Hätte Wolf ihr Gespräch nicht zufällig mit angehört, wüsste er überhaupt nichts.

Wolf hatte ein komisches Gefühl im Bauch. Als würden da lauter kleine Tierchen herumkrabbeln und ihn innerlich kitzeln. Sollte er den Umschlag öffnen? Er wusste ja, dass auch ein Brief seines Vaters darin war. Vielleicht konnte er so herausbekommen, was seine Eltern ihm verheimlichten. Über Nannerl. Und Salzburg.

Blitzschnell hatte Wolf die Briefe aus dem Umschlag gezogen: seinen eigenen und den seines Vaters. Das Rascheln der Briefbögen in seinen zitternden Händen klang ohrenbetäubend laut. Vor Aufregung bibbernd, lauschte er, ob womöglich jemand kam. Aus Nannerls Zimmer hörte er Gemurmel, konnte aber kein Wort verstehen.

Den Haag, 22. Oktober 1765

Lieber Johann,

Nannerls Zustand ist kritisch. Seit dem 12. September, einen Tag nach unserer Ankunft in Den Haag, liegt sie krank im Bett. Anfänglich schien es nichts zu bedeuten, aber am 26. September fror sie erbärmlich und danach wurde ihr glühend heiß. Wir haben gleich nach dem Arzt geschickt. Er hat sie gründlich untersucht und uns mitgeteilt, sie habe Bauchtyphus und außerdem eine schwere Lungenentzündung.
Es ist furchtbar, die eigene Tochter so leiden zu sehen. Sie hat nach wie vor hohes Fieber. Sie selbst ist ganz verzweifelt. Aber sie fantasiert auch oft und nachts sagt sie im Schlaf unverständliche Dinge auf Englisch, Deutsch und Französisch, alles durcheinander.
Gestern meinte der Arzt, es gebe keine Hoffnung mehr. Wir befürchten daher, dass Nannerl sterben wird. Sie ist so sehr geschwächt, dass sie oft gar nicht mehr ausdrücken kann, was sie sagen will.

Die Buchstaben verschwammen vor Wolfs Augen. In seinem Kopf begann es zu summen und sein Hals war wie zugeschnürt. Die Tränen rollten ihm über die Wangen. Ihm wurde eiskalt, der Brief rutschte aus seiner Hand und trudelte zu Boden.

Auf einmal sah er durch den Tränenschleier seine Mutter vor sich stehen.

»Mein Schatz«, sagte sie. Wolf hörte ihre Stimme wie aus weiter Ferne. Sie hob den Brief auf und warf einen Blick darauf. »Ach, mein armer Junge!« Ihre Stimme zitterte. Sie kniete sich neben Wolf nieder und legte die Arme um ihn. Ein Hauch Anis streifte seine Nase. In ihrer Umarmung wurde Wolf heiß und zugleich überzog eine Gänsehaut seine Arme und Beine. Seine Mutter strich ihm sanft über den Rücken und sagte: »Ganz ruhig, mein Junge.«

Das war ein wenig seltsam, denn Wolf hatte kein Wort gesagt. Er wollte so vieles sagen, brachte aber keinen Ton hervor. Die ungesagten Worte lasteten schwer wie Steine auf seiner Brust.

Leise redete die Mutter auf ihn ein. Was sie sagte, verstand Wolf nicht, denn alles in ihm war wie erstarrt. Dennoch war es ein wohliges Gefühl – das Flüstern der Mutter klang wie zarte Geigenmusik. Wolf schluchzte jetzt nicht mehr, aber immer noch liefen Tränen über sein Gesicht.

Plötzlich trat sein Vater in den Flur. »Was ist denn hier los?«, fragte er, als er seinen Brief in der Hand seiner Frau sah.

Sie wandte sich zu ihm um. »Wolf hat deinen Brief an Herrn Schachtner gelesen. Er kennt jetzt Nannerls Zustand.«

Nannerls Zustand – das klang so distanziert, ganz so als wäre Nannerl ein Gegenstand und kein Mensch. Aber Wolf spürte genau, wie ernst die Worte waren.

Die Tränen blieben an seinen Wimpern hängen, sodass er alles um sich herum wie unter Wasser sah.

Nun kniete auch sein Vater neben ihm. Er legte ihm die Hand auf die Schulter. »Wolf, mein Junge…«

Wolf hätte gern gefragt, warum seine Eltern ihm verschwiegen hatten, dass Nannerl so schwer krank war. Aber er traute sich nicht. Stattdessen fragte er: »Muss sie sterben?« Er atmete tief ein und ein Zittern durchlief seinen Körper. Dadurch flossen die Tränen wieder. Sie fühlten sich kalt auf seinen glühend heißen Wangen an.

Der Vater zuckte hilflos mit den Schultern; offenbar hatte er jede Hoffnung aufgegeben. Aber er sagte: »Wir kämpfen weiter, mein Junge!« Schweigend nahm er Wolfs Hand in seine.

Er seufzte tief. »Wölfchen, ich weiß, dass ich sehr viel von dir verlange, aber ich muss dich um etwas bitten: Du musst allein vor Prinz Wilhelm und seiner Schwester, Prinzessin Caroline, auftreten. Ohne Nannerl. Ich hätte es mir auch anders gewünscht, aber wir können die Einladung keinesfalls ausschlagen.«

In Wolfs Innerem brodelte und kochte es. »Das kann ich

nicht!«, schrie er. Wie sollte das denn gehen: den Prinzen von Holland freundlich anlächeln, während die eigene Schwester im Sterben lag!

»Mein Schatz«, sagte die Mutter sanft. »Eigentlich ist das ein ganz guter Gedanke. Ich weiß, wie schwer es für dich ist, jetzt aufzutreten. Ich an deiner Stelle könnte es wohl gar nicht. Aber es wird dich ablenken. Dann sitzt du nicht die ganze Zeit hier und grübelst herum.«

Der Vater drückte Wolf an sich. Er ließ es willenlos geschehen und spürte den Herzschlag seines Vaters wie dumpfe Trommelschläge an seiner Brust. »Ich weiß, es ist nicht leicht für dich. Aber tu es für Nannerl. Spiel für sie. Damit machst du deine Schwester sehr glücklich!«

Wolf hatte das Stück in Chelsea geschrieben. Damals, als sein Vater krank im Bett lag. In einer trüben Stimmung, kurz bevor Johann Christian Bach ihn getröstet hatte. Und nun war es an der Zeit, das Stück zu spielen: für Nannerl. Sein Vater wusste nichts davon; er hatte das Stück bisher weder gelesen noch gehört. Jetzt aber durfte und sollte der Vater wissen, dass Wolf traurig war. Die melancholischen Töne glitten durch den Saal wie ein Boot über einen dunklen Fluss. Fuhr das Boot bis zum ewigen Meer? Dorthin, wo das Leben endet. Oder würde es vorher anlegen? Immer wieder klangen hoffnungsvolle Töne durch, aber sie waren zu schwach, um die Oberhand zu gewinnen. Wie kleine Wellen durchzogen sie die Musik, gingen sachte auf und ab. Der letzte Akkord …

Wie ein warmer Sommerregen prasselte der Beifall auf Wolf hernieder. Prinzessin Carolines Augen leuchteten und ihr Schmuck schimmerte im Kerzenschein. Neben ihr stand Prinz Wilhelm, ihr jüngerer Bruder. Er hatte ein ovales Gesicht mit runden Wangen und vollen Lippen. Trotz seiner düsteren Miene klatschte er begeistert.

Wolfs Vater trat nach vorn. Er wirkte vornehm und strahlte Kraft und Würde aus. Als gehörte er selbst zur königlichen Familie. Er griff nach seiner Geige, stellte sich neben Wolf und sagte: »Und nun ein fröhliches Stück!«

Fröhlich? Danach war Wolf ganz und gar nicht zumute. Er musste ständig an Nannerl denken. Seine liebe Schwester. Wie es wohl wäre, keine Schwester mehr zu haben? Das konnte Wolf sich überhaupt nicht vorstellen. Er hörte nur schwere dunkle Töne im Kopf, dazwischen lang gezogene, wehmütige Geigenklänge.

Dennoch spielten Leopold und Wolf den ersten Teil einer Violinsonate, die sie die Woche zuvor immer wieder geübt hatten. Aber Wolf war nicht recht bei der Sache. Er ließ zwar die munteren Töne perlen, aber sie schienen ihm weit weg, ebenso der Saal und die vielen Menschen.

Als sie geendet hatten, erklangen laute »Ohs« und »Ahs« aus dem Publikum. Es kam Wolf vor, als hätten die Zuschauer die bewundernden Rufe einstudiert; irgendwie wirkte ihre Begeisterung nicht echt. Aber vielleicht kam es Wolf nur so vor, weil er wusste, dass er diesmal nicht sein Bestes gegeben hatte. Er hatte sich zwar kein einziges Mal verspielt, aber er war nicht mit dem Herzen dabei gewesen, außer bei dem schlichten traurigen Stück für Nannerl.

Da trat Prinz Wilhelm aufs Podium. Wolf und Leopold verbeugten sich tief. Wolf wurde schwindlig und schwarz vor Augen, aber der Moment der Schwäche war gleich wieder vorbei.

Prinz Wilhelm räusperte sich, zog die hellen Augenbrauen leicht zusammen und sagte dann: »Ich bin wirklich sprachlos.«

Verwundert sah Wolf ihn an. Fast schon beleidigt. Seinem Gefühl nach war es ganz und gar nicht gut gelaufen und dann war dieser Prinz sprachlos!? Der hatte ja keine Ahnung von Musik!

Prinz Wilhelm war aber offenbar tatsächlich sprachlos, denn er stand Wolf und seinem Vater eine ganze Weile schweigend gegenüber. Dann fuhr er fort: »Anfang März werde ich als Statthalter* eingesetzt. Ich möchte Sie gerne einladen, zu diesem feierlichen Anlass ein Konzert zu geben.«

22

»Nannerl!!!«, rief Wolf froh. Er stürmte auf seine Schwester zu und umarmte sie innig. Dabei konnte er ihre sämtlichen Knochen spüren. Übermütig hob er sie hoch: Sie war so leicht wie eine Feder.

Nachdem er sie abgesetzt hatte, betrachtete er sie genauer. Klapperdürr war sie geworden und hatte einen seltsam abwesenden Blick.

Nannerl durfte heute den ersten Tag aufstehen. Es grenzte an ein Wunder, dass sie wieder so gut wie gesund war. Leopold hatte sich in seiner Verzweiflung an Professor Schwenke gewandt. Er war seine letzte Hoffnung, und tatsächlich hatte der Professor es geschafft, Nannerl mit einer neuen Behandlung binnen weniger Tage wieder auf die Beine zu bringen. Zwar fiel ihr das Gehen noch schwer, aber immerhin konnte sie wieder lächeln.

»Ich freu mich ja so, dich wiederzusehen, Wölfchen«, sagte sie.

Ihre Stimme klang brüchig wie altes Pergament. Aber das machte nichts. Es war Nannerl und sie würde wieder so werden wie früher. Ob das nun bedeutete, dass sie gleich nach ihrem Auftritt bei Prinz Wilhelms Einsetzung zum Statthalter nach Salzburg zurückkehren würden? Diese Frage zuckte kurz durch Wolfs Kopf, aber er verwarf sie gleich wieder, denn jetzt war er einfach nur froh, dass es seiner Schwester wieder besser ging.

Er tanzte und sprang um sie herum und sang dazu: »Meine Nannerl ist gesund, meine Nannerl ist gesund!«

»Nicht so stürmisch, Wolf!«, mahnte seine Mutter, die unbemerkt ins Zimmer gekommen war.

Wolf konnte irgendwie noch nicht so recht glauben, dass es Wirklichkeit war. Als wäre Nannerl ein Geist, der sich jeden Moment wieder in Luft auflösen konnte. So lange Zeit hatte er befürchtet, sie könnte sterben und er müsste ohne sie weiterleben.

Langsam schlurfte Nannerl zu einem Stuhl und setzte sich mühsam hin, wie eine uralte Dame: Mit der einen Hand stützte sie sich auf die Lehne, mit der anderen fasste sie nach der Sitzfläche.

Wolf erschrak. War sie denn so schwach? Er musterte seine Schwester eingehend. Ihr Gesicht war so eingefallen, dass sich die Knochen unter der Haut abzeichneten. Und sie war sehr blass, fast schon durchscheinend.

»Geht es dir denn wirklich besser?«, fragte Wolf verunsichert. Er wollte Gewissheit, dass sie nicht doch noch sterben würde. Liebevoll nahm er ihre schmale Hand in seine: Die Finger fühlten sich an wie dürre Zweige.

Nannerl nickte. »Ja, Wolf. Ich werde wieder ganz gesund.« Auf einmal rollte eine Träne über ihre Wange. Eine einzige nur. Sie glitt zum Kinn und tropfte dann in den Kragen ihrer Strickjacke.

»Du hast mir so sehr gefehlt!« Nannerls Stimme war anzuhören, dass sie in der letzten Zeit viel geweint hatte.

»Du mir auch«, flüsterte Wolf zärtlich. »Und ich versprech dir, dass ich dich in nächster Zeit nicht ärgere.«

Nannerl musste ein bisschen kichern.

»Hast du es schon gehört?«, flüsterte Wolf in die Stille hinein.

»Was?«

Wolf richtete sich auf. »Also, wir sind Anfang März zur feierlichen Amtseinsetzung von Prinz Wilhelm eingeladen. Dort geben wir beide ein Konzert.« Er beugte sich vor und flüsterte: »Und hinterher gehen wir, glaube ich, zurück nach Salzburg!«

»Oh, wie schön!« Endlich blitzten Nannerls Augen wieder. Wolf war sich jetzt sicher: Sie wurde wieder ganz gesund! Durchs Fenster wehte der salzige Seewind herein. Wolf atmete tief und ihm wurde ganz leicht im Kopf.

Die Wände zitterten und bebten. Panisch rannte Wolf ins Musikzimmer, wo Nannerl am Cembalo saß. Mit dem Fuß schlug sie den Takt auf dem Holzboden. Sie hatte noch nichts gemerkt!

»Schnell, Nannerl!«, schrie Wolf. »Wir müssen weg! Das Haus stürzt ein!«

Nannerl sprang auf und deutete ängstlich in die Zimmerecke, wo ihr selbst gebautes Puppenhaus stand. Ein neuerliches Beben ließ die winzigen Tische, Stühle und Schränke umfallen. »Unser Puppenhaus! Wir müssen es in Sicherheit bringen!«

»Nein! Das schaffen wir nicht.« Wolf zog Nannerl aus dem Zimmer und rannte mit ihr den langen dunklen Flur entlang. In den Fliesen zeigten sich schon Risse und Sprünge. Sie rannten durchs Treppenhaus ins Freie.

Sie liefen ein Stück von dem Haus in der Getreidegasse weg. Der Boden unter ihren Füßen erbebte. Dann knallte es ohrenbetäubend laut. Die gelben Hausmauern bekamen breite Risse. Die Fensterscheiben zerbarsten. Und dann stürzte das Haus in sich zusammen und versank im Erdboden. Lauter Donner rollte über Salzburg hinweg. Dann wurde es still, unheimlich still.

Nichts war mehr da, außer einem klaffenden Loch im Boden an der Stelle, an der das Haus gestanden hatte.

Mit einem Schrei wurde Wolf wach. Kalter Schweiß stand ihm auf der Stirn. Seine Augen schmerzten und die Zunge fühlte sich an wie raues Leder. Er konnte sich nicht rühren – als wäre er in einem Eisblock festgefroren.

Er bekam fürchterliches Herzklopfen, denn plötzlich schoben sich die Zimmerwände auf ihn zu. Wolf begann, laut zu schreien.

Mit einem Mal saß seine Mutter mit einer Kerze in der Hand an seinem Bett.

»Mein armes Wölfchen«, sagte sie sanft und drückte ihn liebevoll an sich. Gleich darauf ließ sie ihn wieder los und befühlte seine Stirn. In ihren Augen stand die Angst, das sah Wolf im schwachen Kerzenschein, der auf ihr Gesicht fiel. Sie fühlte seinen Puls, dann legte sie ihm wieder die Hand auf die Stirn und strich über seine Wangen. »Du hast ja Fieber!«, sagte sie erschrocken.

Im Flur waren gedämpfte Schritte zu hören. Draußen pfiff ein kalter Wind durch die kahlen Bäume und ließ die Fensterläden klappern.

»Was ist denn los?«

Sein Vater stand in der Tür. Mit der Schlafmütze auf dem Kopf sah er aus wie ein zu groß geratener Zwerg.

Angstvoll und mit starrem Blick sagte seine Mutter: »Wolf hat Fieber. Hohes Fieber!«

Oh nein! Jetzt erst wurde Wolf klar, was das bedeutete: Salzburg rückte wieder in weite Ferne! Dabei wäre er gerade jetzt so gern dort gewesen, hätte sich an einem der Holzöfen gewärmt, um dann in sein weiches, nach feiner Seife duftendes Bett zu schlüpfen, die Decke bis zur Nasenspitze hochzuziehen und ganz tief den vertrauten Geruch von Salzburg einzuatmen.

»Ich bleibe bei ihm«, sagte seine Mutter.

23

Der Typhus wütete in Wolfs Körper. Seit Wochen musste er nun das Bett hüten und seine Schwester Nannerl hatte er die ganze Zeit kein einziges Mal gesehen. Nachts wachten seine Eltern bei ihm. Manchmal hatte er so hohes Fieber, dass er alles um sich herum nur verschwommen sah.

Und inzwischen war auch noch eine Lungenentzündung hinzugekommen. Seine Schleimhäute schmerzten, und sein Hals kratzte, als wären lauter kleine spitze Steinchen darin. Immer wieder wurde Wolf von einem trockenen Husten geschüttelt – dann war ihm, als tobe ein Feuer in seiner Brust.

Draußen war es kalt und windig. Anfang Januar. Keine vier Wochen mehr bis zu Wolfs zehntem Geburtstag. Falls ich dann noch lebe, dachte er manchmal verzweifelt.

Wenn der eisige Wind durch die Bäume heulte, hörte

Wolf Musik: ein Klagelied, das er aber nicht aufschreiben konnte, weil er zu schwach war.

Vor der Tür waren die Stimmen seiner Eltern zu hören. »Sobald Wolf gesund ist, treten wir ein paarmal in Amsterdam auf, noch vor dem Konzert bei Prinz Wilhelm.« Das war sein Vater. Konnte er denn an nichts anderes denken als an Auftritte!? Wolf fühlte sich niedergeschlagen, einsam und schwach. Schon traten ihm die Tränen in die Augen, da hörte er seine Mutter entschieden widersprechen.

»Kommt nicht infrage! Erstens ist er noch lange nicht gesund. Und zweitens ...«

»Schweig, Anna!«

»Nein, ich schweige nicht! Unser Wolf hat Bauchtyphus. Es wäre unverantwortlich, nach Amsterdam zu reisen! Wahrscheinlich hast du es noch nicht gehört, aber dort gibt es Schwierigkeiten mit der Trinkwasserversorgung. Man kann von Glück sagen, wenn man überhaupt Wasser hat. Und wer Pech hat – und das ist häufiger der Fall –, der muss Regenwasser trinken! Ich lasse es auf keinen Fall zu, dass ...«

Sein Vater fiel ihr ins Wort. »Woher weißt du das?«

»Von Sebastian.«

»Sebastian!«, rief Leopold. Seine Schritte verhallten im Flur.

Wolf war verstört. Er legte sich die warme Hand an die heftig pochende Stirn. Durch die Streiterei der Eltern fühlte er sich nur noch elender. Ach, wenn nur Johann Christian

Bach da wäre: Sein Freund würde bestimmt die ganze Zeit an seinem Bett sitzen und ihn trösten. Und da sein Vater großen Respekt vor der Familie Bach hatte, würde es Johann bestimmt gelingen, ihn von seinem Plan abzubringen.

Nicht nur an seinen Freund Johann, auch an Salzburg musste Wolf wieder oft denken. Wie gern wäre er jetzt dort gewesen und hätte Reisig für die Holzöfen klein gebrochen. Früher hatte er das ungern gemacht, weil er sich dabei oft in die Hände schnitt und die kleinen schmerzenden Wunden beim Klavierspielen immer wieder aufrissen. Jetzt aber hätte er nichts lieber getan als das. Und rasch mal den würzigen Duft in Hagenauers Laden unten eingeatmet oder aus dem Fenster auf den Platz geschaut, wo die lustigen Marionetten tanzten.

Aber stattdessen lag er hier in der Fremde, in einer Pension in Den Haag. Er hatte üble Bauchschmerzen, einen juckenden Ausschlag auf der Brust und war so schwach, dass er sich kaum bewegen konnte. Als würde sich das Leben langsam aus ihm davonschleichen. Professor Schwenkes Pulver halfen überhaupt nichts, er bekam davon nur einen bitteren Geschmack im Mund und die Zunge fühlte sich an wie ein Stück Holz.

Früher, in Salzburg, hatte er einmal Grippe gehabt. Mitten in der Nacht war er aufgestanden und zum Cembalo geschlafwandelt. Im Fieberwahn hatte er zu spielen begonnen: ein Menuett, das er ein paar Tage vorher von seinem Vater gelernt hatte. Es war ein lustiger Tanz mit schroffen Tönen dazwischen. Wolf konnte sich erinnern, dass er damals schemenhafte Gestalten um sich herum gesehen hatte: Leute, die ihm zuhörten. Irgendwie war es gespenstisch gewesen, aber er hatte keine Angst gehabt. Und dann – plötzlich – legte sich eine Hand auf seine Schulter. Er war furchtbar erschrocken, hatte wild um sich geschlagen und dabei seinen Vater, der von der Musik wach geworden war, mitten ins Gesicht getroffen.

Wolf musste bei der Vorstellung lächeln. Später war er nie mehr geschlafwandelt.

Im Flur waren leichte Schritte zu hören. Mit einem Quietschen ging die Tür auf. Seine Mutter spähte ins Zimmer.

»Bist du wach, mein Schatz?«

Wolf nickte heftig, dabei wurde ihm ein wenig schwindlig.

Ein Lufthauch löschte die Kerze, die seine Mutter in der Hand hielt. Sie stellte einen Teller auf den Nachttisch und setzte sich auf die Bettkante. Ihre Augen waren ganz klein und müde.

»Du musst ein bisschen was essen.« Sie nahm das Brötchen vom Teller und reichte es Wolf.

Wolf biss hinein. Aber sogleich hatte er das Gefühl, trockenen Sand im Mund zu haben, der sich beim besten Willen nicht schlucken ließ.

»Mein Schatz, du musst aber etwas essen!« Seine Mutter legte ihm eine wunderbar kühle Hand auf die Stirn.

»Ich kann nicht«, antwortete Wolf teilnahmslos.

»Und wenn es eine Stunde dauert. Versuch's später noch mal.« Sie gab ihm ein Glas Wasser, von dem er gierig trank. Es erfrischte ihn. Wie ein Sprung in einen kühlen See bei sommerlicher Hitze.

»Was ist das Liebste, was Papa je zu dir gesagt hat?«, fragte Wolf und schaute seine Mutter an. Warum er das fragte, wusste er selbst nicht so recht: Er wollte es eben einfach wissen. Sein Vater war oft so streng gegen seine Mutter, aber trotzdem war Wolf sicher, dass er sie lieb hatte. Und umgekehrt auch. Das merkte er daran, wie die beiden sich anschauten.

Die Mutter lächelte weich. Auf einmal sah sie aus wie ein frisch verliebtes junges Mädchen. »Dass ich sein Mäuschen bin.«

Wolf musste lachen. Au! Jetzt war die Lippe eingerissen. Schon dreimal war die Haut seiner Lippen ganz schwarz geworden und abgegangen.

»Aber Mama, ein Mäuschen ist doch klein und flink. Du bist doch gar nicht klein und flink!«

»Gerade deshalb war es ja so lieb von Papa«, sagte sie, und in ihren Augenwinkeln erschienen kleine Lachfältchen.

»Weißt du was, Mama?« Wolf zögerte. Aber er wollte es trotzdem sagen. »Viele Kinder, die so alt sind wie ich, müssen sterben. Hast du das gewusst? Vielleicht sterbe ich ja auch und …«

»Sei still, Wolf!« Mit unendlich traurigen Augen sah sie

ihn an, wie das Zigeunermädchen auf dem Bild. »Du stirbst nicht! Ganz gewiss nicht!«

»Ja, aber falls doch… Schau mal, wenn ich sterbe, dann muss es stürmen und hageln. Der Himmel muss ganz dunkel sein. Und es muss ein solches Gewitter geben, dass die Erde bebt. Und bei meinem Begräbnis soll ganz traurige Musik gespielt werden, sodass ihr alle ganz furchtbar weinen müsst und…«

»Hör auf, Wolf!«, rief die Mutter so laut, dass Wolf instinktiv die Hände über die Ohren schlug. »Du *willst* doch nicht etwa sterben?!«

Wollte er das? Er überlegte. Aber das Denken ging auf einmal so langsam, als wären seine Gedanken aus zähem Sirup.

»Das willst du ganz bestimmt nicht!«, sagte seine Mutter. »Professor Schwenke hat sich eine neue Behandlung überlegt. Du wirst sehen, davon geht es dir bald besser – ganz gewiss. Und dann kehren wir nach Salzburg zurück.«

24

Musik! Überall um ihn herum erklang Musik. Noten. Sie hingen an den Wänden, krochen über den Fußboden, schwebten unter der Decke. Sie tanzten Walzer durchs ganze Zimmer.

»Papa«, sagte Wolf leise. »Ich möchte komponieren.«

Sein Vater ließ sein Buch sinken, legte es auf den Nachttisch und starrte Wolf mit dunklen Augen irritiert an. Nur sein Gesicht war deutlich zu sehen, alles andere lag in Dunkelheit gehüllt.

»Wirklich, Papa. Ich muss einfach komponieren. Überall ist Musik. Ich will sie aufschreiben. Jetzt gleich!«

Langsam stand Leopold auf. Noch ein besorgter Blick, dann ging er aus dem Zimmer. Seine Schritte entfernten sich.

Kurz darauf kam er mit Wolfs Notenbuch wieder. »Willst du das wirklich, Wolf?«

»Ja, Papa, ich muss einfach.«

Vorsichtig fasste sein Vater ihn unter den Schultern und zog ihn ein wenig hoch. An die Gitterstäbe am Kopfende legte er ein Kissen, damit Wolf bequem sitzen konnte.

»Hier hast du den Gänsekiel.«

Wolfs Finger zitterten, so geschwächt war er. Trotzdem: Er musste aufschreiben, was er sah und hörte. Sonst wäre es womöglich wieder weg. Er tauchte die Feder in die Tinte und wollte die erste Note schreiben. Aber er zitterte so sehr, dass es nicht gelang.

»Hilfst du mir, Papa?«

Der Vater nickte. »Soll ich die Noten für dich aufschreiben?«, fragte er.

Wolf wurde schwindlig. Ihm war so heiß, dass er meinte, sein Körper stünde in Flammen. Dennoch wollte er die Musik unbedingt selbst zu Papier bringen. »Hältst du meine Hand fest? Dann wird es gehen.« Er wischte sich den Schweiß von der Stirn und den Wangen und schaute seinen Vater fragend an.

»Gern, Wolf. Aber wenn es dir zu viel wird, hörst du auf, ja?«

»Versprochen.«

Leopold setzte sich dicht neben Wolf und nahm seine Hand.

Da kam die Musik wieder. Wolf hörte zwei Oboen, zwei Hörner, zwei Violingruppen, eine Altvioline, ein Cello und einen Bass. Zusammen erzählten sie eine schwermütige Geschichte: von einer Witwe, die jeden Tag um ihren verstorbenen Mann trauerte. Sie trug schwarze Kleider und weinte bittere Tränen.

Die Musik war Teil einer neuen Symphonie, die Wolf gern noch um heitere Passagen ergänzen wollte. Jetzt aber hörte er nur getragene, traurige Klänge.

Er sah einen Ozean vor sich und darüber den Nachthimmel, ganz wolkenverhangen, sodass kein Mondstrahl das düstere Wasser erhellen konnte.

»Das ist aber ein trauriges Stück«, sagte Leopold.

Weg war die Musik in Wolfs Kopf. Er überlegte kurz, ob er seinem Vater sagen sollte, wie froh er war, dass sie bald nach Salzburg zurückkehrten. Nein, entschied er dann, nicht jetzt. Nicht wenn er zum ersten Mal seit Wochen wieder komponierte.

Da waren sie wieder, die tiefen, dunklen Töne – und Wolf schrieb weiter. Der Vater hielt sein Handgelenk fest.

Wolfs Fingerkuppen waren schweißnass und rutschten immer wieder am Gänsekiel ab.

»Keine Trompeten?«

Einen Moment lang war Wolf ganz wirr im Kopf. Was hatte sein Vater da gesagt?

»Papa?«

Der Vater brummte etwas.

»Hast du was gesagt?«

Lächelnd strich der Vater ihm über den Kopf. »Lass nur, mein Junge, mach weiter.«

Wolf spürte einen seltsamen Druck auf dem Magen. Er

betrachtete sein Stück und fragte dann: »Sag mal, Papa, hast du gerade gefragt, ob Trompeten reinkommen?«

»Wölfchen, es ist wunderbar so. Ich war einfach nur neugierig.«

»Ich kann ja bei der Aufführung einen Pups lassen. Das klingt immer noch besser als eine Trompete.«

Sein Vater prustete los. Er lachte so laut, dass es in Wolfs Ohren dröhnte. Das war außergewöhnlich, denn normalerweise schätzte sein Vater solche Bemerkungen überhaupt nicht.

Wolf musste ebenfalls lachen, hörte aber schnell wieder auf, denn sein Hals kratzte und scheuerte.

»Na, dir scheint's ja schon besser zu gehen!« Sein Vater gab ihm einen Kuss auf die Stirn. Sein Stoppelbart pikste auf der Haut.

Die Musik – wo war sie? Wolf schloss die Augen. Allmählich kamen die Töne wieder... da hörte er Nannerls Stimme auf dem Flur. Hell und munter wie früher. Nannerl war also wieder ganz gesund. Ach, sie fehlte Wolf ja so sehr! Nach ihrer Krankheit hatten sie nur wenig Zeit miteinander verbracht, und es kam ihm vor, als wäre das schon wieder eine Ewigkeit her. Es wäre zu schön, bald wieder gesund zu sein, damit er mit Nannerl musizieren konnte!

»Kannst du nicht mehr?«, fragte der Vater leise.

»Die Musik ist weg.«

Leopold lächelte. »Sie kommt gewiss wieder, mein lieber Wolf.«

25

Kaum war Wolf wieder gesund, musste er auch schon mehrere Konzerte mit seiner Schwester in Amsterdam absolvieren. Trotz des großen Erfolgs fühlte er sich todmüde und wacklig auf den Beinen. Aber er wollte seinen Vater nicht enttäuschen. Nicht jetzt, da ihre große Reise doch bald zu Ende war. Denn nach dem Auftritt bei Prinz Wilhelm würden sie endlich nach Salzburg zurückkehren.

Wolf und Nannerl warteten bibbernd, bis ihr Vater und Sebastian eine Mietkutsche aufgetrieben hatten. Kälte und Feuchtigkeit drangen durch Wolfs Mantel.

Der Schnee lag in hässlichen grauen Haufen am Straßenrand, das Wasser im Rinnstein war gefroren, und an den Fenstern der Häuser klebten Matschklümpchen, die von vorbeiratternden Kutschenrädern dagegen geschleudert worden waren.

Ihre Mutter trat aus dem Haus. »Kinder, kommt doch noch mal rein. Ihr erkältet euch sonst.«

Wolf drehte sich um. »Ist nicht nötig, Mama.« Trotz der Kälte genoss er den Blick auf die hübsche Amsterdamer Gracht, deren Wasser glitzerte. Die herrschaftlichen Häuser hatten prächtig verzierte Giebel und schöne Treppenaufgänge vor den grün gestrichenen Eingangstüren. Hinter den bunten Bleiglasfenstern brannten Kerzen.

Ihre Mutter hatte inzwischen eine Wolldecke geholt und legte sie den Kindern um die Schultern. Sie beäugte Wolf misstrauisch, legte die Stirn in Falten und sagte: »Du hast doch hoffentlich kein Regenwasser getrunken, oder?«

Wolf seufzte. Das hatte seine Mutter in den letzten Tagen ständig gefragt, und jedes Mal hatte er geantwortet: »Nein, Mama, nur aus Krügen.«

»Du bist so blass!« Sie legte ihre kühle Hand an Wolfs Wange. Ein Schauder lief ihm über den Rücken.

»Mir geht's aber gut.« Wenn seine Mutter immer wieder betonte, wie blass er wäre, fühlte er sich meist gleich ein bisschen schlechter.

Endlich war es so weit: Die Kutsche rollte an. Wolf spähte hinaus, als sie über die Brücke der Gracht rumpelten. Auf einmal trudelten die ersten flaumigen Flöckchen herab. Sie schienen vor dem dunklen Himmel zu leuchten.

Sebastian begann zu singen: »Ta-da-da-ta-di-doooo!« Immer wieder die gleiche Melodie, schräg und falsch. Dann eine andere: »Pom-pe-di-duhuhu…« Er versuchte, im

Rhythmus der Pferdehufe auf dem Straßenpflaster zu singen, was aber nicht gelang. Der Gesang hörte sich einfach grässlich an.

Irritiert guckte Wolf durch das vordere Fenster.

Hinter ihm kicherte Nannerl. »Pa-di-di-daaaaa!«, sang sie leise und falsch.

»Tam-di-dam-di-doooo!«, erwiderte Wolf, nicht minder falsch.

»Ti-daaaaa! Ti-dooooo!« Nannerls Augen blitzten.

»Pom-pe-di-daaaaa!« Wolf verdrehte die Augen beim Singen.

»Pssst!«, machte ihr Vater ungehalten.

Nannerl und Wolf schwiegen. Dann flüsterte Wolf: »Ta-da-ta-da-ti-doooo!«

Sie prusteten los. Draußen sang Sebastian tapfer laut und falsch gegen die Winterkälte an. Er ahnte nicht, dass er ausgelacht wurde.

»Pom-pe-di-da!«, flüsterte Nannerl und wackelte im Takt mit dem Kopf.

»Kinder, es reicht!«, ermahnte sie ihr Vater.

Wolf und Nannerl lachten sich verstohlen zu.

Mit jeder Minute schneite es stärker. Draußen wurde es allmählich weiß. Sie hatten die Gracht längst hinter sich gelassen und fuhren jetzt im Schritttempo an der Oude Kerk vorbei, in der Wolf und Nannerl zweimal aufgetreten waren – eine wunderschöne Kirche, deren Gewölbe aus Holzbalken etwas Bäuerliches hatte.

Die Straße war nun mit einem weißen Teppich bedeckt. Der Wind wehte einen Teil des Schnees hoch und trieb ihn knapp überm Boden vor sich her, gegen Steine, Holzhaufen und herumliegenden Abfall. Vom schmutziggrauen Matsch der letzten Tage war nichts mehr zu sehen. Der Schnee dämpfte das Klappern der Pferdehufe, sodass die Kutsche mehr zu gleiten als zu fahren schien. Der Himmel über ihnen war bleigrau und hinter den Wolken bildete der Mond einen milchigen Fleck.

»Das wird nichts«, murmelte ihre Mutter. »Bei dem Wetter können wir doch nicht reisen!« Besorgt schaute sie ins Freie.

»Wenn es nicht mehr geht, übernachten wir unterwegs«, beschwichtigte Wolfs Vater. »Jetzt müssen wir aber erst mal aus der Stadt heraus. Je eher wir Den Haag erreichen, desto besser. Vor dem Konzert bei Prinz Wilhelm müssen wir unbedingt noch neue Kleider für Nannerl und Wolf kaufen. Die beiden können unmöglich in den gleichen Sachen auftreten wie beim letzten Mal. Zudem ist Wolfs Anzug zu klein geworden, das würde armselig wirken.«

Nannerl rieb sich die kalten Hände. »Papa«, sagte sie, »gehen wir nach dem Konzert zurück nach Salzburg?«

Bei dem Wort »Salzburg« wurde Wolf ganz warm ums Herz. Endlich würde er Herrn Schachtner wiedersehen. Und Herrn Hagenauer. Bald konnte er wieder öfter komponieren und – wenn er mal nicht weiterwusste – aus dem Fenster auf den vertrauten Platz schauen. Mit Nannerl würde er im

Sommer am Fluss entlangschlendern, dicke Steine ins Wasser platschen und flache Kiesel über die Oberfläche springen lassen.

Ihr Vater hüstelte. »Tja nun …«, begann er.

»Was ist?«, drängte Wolf. Das zögerliche »tja nun« hatte ihn aus seinem Tagtraum geholt. Sein Vater würde doch hoffentlich nicht sagen, dass die Reise noch länger dauerte!? Wolf hielt den Atem an und presste die Lippen ganz fest zusammen.

»Was ist los, Papa?«, fragte nun auch Nannerl.

Leopold räusperte sich. Wolfs Mutter warf ihm einen strengen Blick zu. Nicht furchtbar streng, das konnte sie gar nicht, aber dennoch: Wolf hatte sie noch nie so gucken sehen.

»Hört zu«, sagte ihr Vater und tätschelte unbeholfen das Knie seiner Frau. »Ich habe mit Grimm Kontakt aufgenommen. Und wir haben beschlossen …«

Wolfs Mutter unterbrach ihn: »Nicht wir … *du* hast beschlossen!«

Verwirrt sah Leopold seine Frau an. Widerspruch von ihr war er nicht gewöhnt. Er ging nicht weiter auf ihre Worte ein und schwieg ein Weilchen.

»Was ist denn nun, Papa?«, fragte Wolf ungeduldig. Er hatte solches Herzklopfen, dass es richtig wehtat. Und er fror nun auch kein bisschen mehr. Im Gegenteil: Ihm war so glühend heiß, dass sein Wollpullover scheußlich zu jucken begann. Nervös biss er sich auf die Lippe.

»Wir gehen noch einmal nach Paris, für ein, zwei Monate nur.« Der Vater tat, als ginge es um ein Wochenende: mal eben kurz nach Paris. Von wegen! Ein, zwei Monate! Allein die Vorstellung traf Wolf wie ein Hammerschlag. Er bekam weiche Knie und spürte, wie ihm das Blut ins Gesicht stieg. Er wurde puterrot.

In der Kutsche herrschte peinliche Stille.

»Was haltet ihr davon?«, fragte der Vater.

»Nichts!«, schrie Wolf. Er stampfte mit dem Fuß auf und konnte sich gerade noch ein hässliches Schimpfwort verkneifen.

Leopold legte ihm die Hand aufs Knie. »Nichts?«, fragte er verwundert.

»Nein! Ich will nicht mehr! Ich will nach Hause! Nach Salzburg! Ich kann nicht mehr! Ich hab's satt!«

Wieder Schweigen. Wolf zitterte und schnappte nach Luft.

»Mein armer Schatz.« Die Mutter setzte sich zwischen ihn und Nannerl und nahm beide in den Arm. »Ihr seid ja auch noch so schwach.«

»Findest du es denn so schlimm?«, wandte sich sein Vater an Wolf.

»Ja«, schluchzte er. »Ich bin so müde von den vielen Auftritten.« Und dann sagte er es endlich: »Und ich hab solches Heimweh!« Kaum war das Wort »Heimweh« heraus, begann er, bitterlich zu weinen. Die Tränen rollten ihm über die Wagen. Als wäre ihm eben erst klar geworden, was

»Heimweh« bedeutete. »Ich werde niemals eine Symphonie mit Trompeten schreiben«, weinte er, »und ich will auch niemals wieder auf Weltreise!«

»Aber es ist doch nicht alles nur schlecht, oder?«, fragte sein Vater bestürzt. »Ihr habt doch auch viel Spaß! Alle anderen Kinder beneiden euch.«

»Aber jetzt hab ich's eben satt!«, schrie Wolf wieder. »Musik schreiben ist schön. Und auftreten ist auch schön. Aber nicht mehr so, ich hab genug!« Alle Wut, die Wolf in sich hineingefressen hatte, sprudelte jetzt heraus. Aber sie schien seinen Vater nicht zu erreichen – es war, als säße er Wolf nicht gegenüber, sondern befände sich am anderen Ende der Welt.

Beklemmende Stille machte sich in der Kutsche breit.

Dann murmelte sein Vater. »Nach unserem Parisaufenthalt fahren wir nach Salzburg.«

Wieder stampfte Wolf auf, diesmal so fest, dass die Kutsche wackelte. »Das hast du schon so oft gesagt!«, schrie er. »Und dann müssen wir doch immer wieder woandershin, zum Beispiel nach London. Und dort bleiben wir ein Jahr lang. Und dann noch nach Den Haag. Und jetzt …«

»Aber Wolfgang«, wandte sein Vater ein. »Unsere Reise ist doch immer wieder von Krankheiten unterbrochen worden, ich hatte doch nicht im Voraus geplant …«

»ICH WILL NICHT MEHR!« Wolf hätte gern noch manches andere herausgeschrien, aber er fand nicht die richtigen Worte. Sie purzelten in seinem Kopf durcheinander.

»Mein lieber Wolf, wir werden in Paris erwartet. Man schätzt uns dort hoch. Vielleicht dürfen wir sogar noch einmal vor König Ludwig auftreten. Wäre das nicht wundervoll?«

»Mir egal! Ich will nicht!« Wolf erstickte fast an den Worten, so elend fühlte er sich. Noch nie hatte er sich seinem Vater so heftig widersetzt – es war das erste Mal, dass er entschieden für sich selbst eintrat. Und seltsamerweise verspürte er dabei keinerlei Angst. Er war nur wütend und traurig. »Ich will nach Hause«, wiederholte er mit ganz kleiner Stimme.

»Ich auch«, hörte er Nannerl sagen, irgendwo in weiter Ferne.

26

»Ich schwöre dem niederländischen Volk«, sagte Prinz Wilhelm feierlich, »dass ich die Verfassung stets achten und schützen werde, dass ich die Rechte aller meiner Untertanen schützen und mit allen mir durch Gesetz zur Verfügung stehenden Mitteln das allgemeine Wohl und das Wohl des Einzelnen erhalten und fördern werde, wie es eines guten Statthalters Schuldigkeit ist ...«

Wolf sah, wie der Mund des Prinzen auf- und zuklappte, und er hörte ein monotones Einerlei. Was die komplizierten Sätze bedeuteten, erschloss sich Wolf nicht. Er gähnte. Gleich darauf spürte er einen Rippenstoß. Er wandte sich zu Nannerl, die ihn verschmitzt anschaute.

»Todlangweilig ist das«, flüsterte er ihr ins Ohr.

»Puh«, machte Nannerl, »das kannst du laut sagen!«

Wolf sah sich um. Der Saal, in dem sie sich befanden, war

so prunkvoll wie die Räume, die er in Versailles gesehen hatte. Wie das Versailler Schloss war auch der Palast Noordeinde u-förmig, kleiner zwar, aber dennoch riesengroß, denn wenn man mit der Kutsche über den Hof fuhr, war man eine ganze Zeit lang unterwegs.

»Statthalter oder König müsste man sein«, flüsterte Wolf Nannerl ins Ohr.

»Das ist eine schwere Aufgabe, weißt du das?« Nannerl blickte nun ernst.

»Schwer?« Wolf schnaubte verächtlich. »Von wegen. Da muss man doch bloß ein bisschen aus dem Kutschenfenster winken und ab und zu lächeln. Und komplizierte Sätze auswendig lernen. Man braucht nicht mal zu wissen, was sie bedeuten. Man sagt sie einfach her.«

Nannerl kicherte.

Wolf dachte an ihre Reise. So etwas war doch viel schwerer, als Statthalter oder König sein. Die brauchten nie in schmuddeligen Herbergen zu übernachten, bekamen keine Läuse und wurden nicht von Flöhen gebissen. Und wenn sie mal krank wurden, standen zehn Lakaien am Bett und wachten über ihr Wohl. Was sollte daran schwer sein?

Seit seinem Ausbruch in der Kutsche auf dem Weg nach Den Haag hatte Wolf kaum ein Wort mit seinem Vater gesprochen. Ob er sich die Sache noch anders überlegen würde? Wolf hoffte es von ganzem Herzen. Noch nie hatte er etwas so sehr gehofft! Und Nannerl ging es ebenso: Sie wollte auch nichts lieber als zurück nach Salzburg. Ach, er durfte gar nicht daran denken, dass sie noch ein paar Monate in Paris verbringen würden, bei diesem Grimm mit seiner grässlich lauten Stimme. Da wäre er lieber wieder nach London gegangen, damit er sich mit seinem Freund Johann über Musik unterhalten konnte.

Neben Prinz Wilhelm stand nun ein vornehmer Herr. Er trug ein schwarzes Jackett, hatte einen winzig kleinen Mund und seine Nase glänzte im Kerzenschein. »Im Namen der Generalstaaten und des niederländischen Volkes empfange ich Euch und setze Euch als Statthalter ein. Wir schwören …«

»Die schwören in einem fort«, zischelte Wolf in Nannerls Ohr.

»Halt noch ein bisschen durch, Wölfchen.«

Wolf fand das lange Stehen ermüdend. Er hatte sich von seiner Krankheit zwar einigermaßen erholt, fühlte sich aber schnell schlapp. Er kam sich klitzeklein vor in dem riesigen Saal, an dessen Decke prachtvolle Malereien prangten. An den Wänden hingen Porträts von berühmten holländischen Herrschern aus der Vergangenheit – sie schienen das Ganze noch ein wenig mitverfolgen zu wollen.

»Ist alles in Ordnung?«

Wolf sah auf. Es war seine Mutter. Ihre warme Hand lag auf seiner Schulter.

»Ja.«

Normalerweise genoss es Wolf, bei feierlichen Anlässen aufzutreten. Heute aber spürte er eine Ungeduld in sich, die ihm schon die letzten Tage zu schaffen gemacht hatte. Er wartete immer noch darauf, dass sein Vater sagte: »Wir pfeifen auf Paris. Wir gehen zurück nach Salzburg!« Aber vergebens.

Plötzlich erscholl ein Trompetenstoß.

Entsetzt wollte Wolf sich die Ohren zuhalten, aber Nannerl packte seine Hände und hinderte ihn daran.

Der Trompetenton traf Wolfs Ohren mit voller Wucht, und es war so schrecklich, wie sich das mit Worten kaum sagen ließ. Kanonenschüsse, dazu Donnerschläge, berstendes Glas und schriller, falscher Gesang hätten nicht schlimmer sein können. Nein, nie und nimmer würde Wolf eine Symphonie mit Trompeten schreiben!

Mit einem Mal begannen alle geladenen Gäste zu singen: »Wilhelmus von Nassawe bin ich von teutschem Blut, dem Vaterland getrawe bleib ich bis in den Todt; ein Printze von Uranien bin ich frey unerfehrt, den König von Hispanien hab ich allzeit geehrt.« Und noch weitere Strophen.

Es klang ein wenig wie Wolfs Gutenachtlied: aneinander gereihte Worte, die zusammen keine richtige Bedeutung hatten. Jedenfalls verstand Wolf sie nicht. Und das zusammenhanglose Lied wollte und wollte kein Ende nehmen. Wolf konzentrierte sich auf die Melodie. Ob sich darauf ein bisschen variieren ließe? Wolf versuchte, im Kopf ein munteres Liedchen daraus zu machen. Aber ob das dem Publikum gefallen würde?

»Wolf, du träumst! Dein Auftritt!!« Nannerl zwickte ihn in den Arm. »Du bist schon angekündigt worden!«

Verwirrt sah Wolf sich um. Unzählige Augenpaare ruhten auf ihm. Auf einmal spürte er eine ungeahnte Kraft in sich.

Er ging zum Klavier, das mitten im Saal auf einem schönen dunkelroten Teppich stand. Wolfs neuer schwarzsamtener Anzug und das Hemd mit den gerüschten Ärmeln harmonierten aufs Schönste mit dem prachtvollen Instrument.

Er setzte sich ans Klavier: Jetzt wurde es ernst.

All die vornehmen Herrschaften lauschten dem, was er zu bieten hatte. Aber Wolf würde nicht die Eckard-Sonate spielen, wie sein Vater es gewünscht hatte. Nein, die wenigen Worte, die sie miteinander gesprochen hatten, schob er weit von sich. Er legte die Finger auf die Tasten und spielte leise das Wilhelmus*-Lied nach, erst als schlichte, kindliche Melodie mit hier und da ein paar verspielten Trillern, dann folgten kompliziertere Variationen. In Windeseile flogen Wolfs Hände über die Tasten und erzeugten muntere Melodie-Sprünge, aus denen man entfernt die ursprüngliche Wilhelmus-Melodie heraushören konnte. Alles um ihn versank, als er sich langsam zum Höhepunkt hinarbeitete. Aller Kummer und Schmerz der letzten Tage schienen aus seinem Körper zu weichen und sich in dem riesigen Saal aufzulösen. Dann kam der Schluss. Fröhlich und unbeschwert wie ein schmales Bächlein, das sich kaum sichtbar durch ein Pflanzendickicht windet, plätscherte die Grundmelodie hindurch. Die letzte Note verklang.

Dann setzte ein Applaus ein, als würden hunderte Gläser in unzählige Scherben zerbersten.

Wolf landete wieder in der Wirklichkeit. Er machte eine tiefe Verbeugung. Einfach himmlisch, dieses Gefühl! Dabei hatte er das Ganze einfach so aus dem Ärmel geschüttelt. Und all die vornehmen Gäste waren hellauf begeistert! Das sah er sofort.

Ganz kurz fiel sein Blick auf den Vater. Er war aufgestanden und klatschte voller Stolz in die Hände. Endlich – seit Tagen die erste freundliche Geste!

27

Nachdem die Mozarts in Moerdijk ihre eigene Kutsche abgeholt hatten, waren sie über Antwerpen, Mecheln und Brüssel nach Paris gefahren. Paris! Das Wort allein machte Wolf zornig. Er musste nach Luft schnappen, wenn der Name dieser Stadt fiel.

Unterwegs hatten sie mehrere öffentliche Konzerte gegeben und dabei endlich wieder ordentlich Geld verdient, sodass zumindest sein Vater guter Laune war.

Seit Mitte Mai waren sie nun in der französischen Hauptstadt und wohnten wieder im Hotel Beauvais. Diesmal hatten sie drei Zimmer im ersten Stockwerk zur Straßenseite hin. Die Aussicht war nicht so schön wie beim letzten Mal, als sie auf den Gartenhof geblickt hatten. Die hohen Häuser an den beiden Straßenseiten schienen sich einander zuzuneigen, manche so sehr, dass man meinen konnte, ihre Giebel berührten sich gleich. Dadurch war es den ganzen Tag über dämmrig in den Zimmern. Hinzu kam der in der Julihitze nahezu unerträgliche Gestank des braunen Abwassers im Rinnstein.

Wie die anderen Räume war auch Wolfs und Nannerls Zimmer ganz in Grün gehalten. Ab und zu empfand Wolf die Atmosphäre als beklemmend, wie bei seiner Krankheit während des ersten Parisaufenthalts.

Meist aber war er guter Dinge, denn in zwei Wochen würden sie endlich Paris verlassen und in ihr altes, vertrautes Salzburg heimkehren. Ob die Leute dort ihn wohl noch erkannten? Wolf war inzwischen fast drei Jahre älter … Womöglich hielt man ihn in Salzburg für einen Fremden …

Grimms überlaute Stimme riss Wolf aus seinen Gedanken. Sie kam aus dem Nebenzimmer. Dieser Mann schrie manchmal so, dass Wolf nur noch ein Dröhnen im Kopf hörte, aber kein Wort mehr verstand. Was er jetzt sagte, verstand Wolf allerdings nur zu gut, es endete mit »… eine Menge Konzerte für euch«.

Das durfte doch nicht wahr sein!

Wolf rannte ins Zimmer seiner Eltern. Nannerl saß mit erschreckter Miene auf dem Bett. Die Mutter hatte sich in eine Ecke zurückgezogen und strickte an einem Pullover für seinen Vater. So konzentriert, dass sie nichts um sich herum wahrzunehmen schien – als wären Wolf, Nannerl, sein Vater und Grimm überhaupt nicht da. Dessen Donnerstimme übertönte das Klicken der Stricknadeln. Wolf fand es ganz seltsam, die Mutter stricken zu sehen, aber das vertraute Geräusch nicht zu hören.

»Sieh an, da ist ja unser Wolfgang!«, dröhnte Grimm und zog respektvoll den Hut.

Sein Vater stand ein wenig linkisch auf und zupfte an einem losen Fädchen seiner Weste herum. Er mied die Blicke der anderen und wirkte nervös; seine Hände zitterten leicht.

Wolf wurde ganz seltsam zumute. Er spürte genau, dass da etwas Ungutes im Gange war.

»Nun, bester Leopold!«, rief Grimm munter. »Soll ich es Wolf sagen oder wollen Sie das tun?«

Wolf seufzte tief, und zugleich überkam ihn ein Gefühl, als würde er zwischen zwei Wänden eingeklemmt.

Unsicher sah sein Vater auf. Er ließ das Fädchen los. »Mein lieber Wolf«, begann er, »schau mal, unser lieber Freund Grimm hier...« Er brach ab, als müsste er nach den richtigen Worten suchen. Wie so oft in letzter Zeit, wenn er Wolf etwas zu sagen hatte, das diesem nicht behagte. »Unser lieber Freund...«

Lieber Freund?, dachte Wolf. Von wegen!

Der Vater holte tief Luft. »Grimm kann etliche weitere Auftritte für uns arrangieren. Bei verschiedenen bedeutenden Adelsfamilien und sogar bei König Ludwig. Wenn ich nun zusage, so bedeutet das, dass wir noch zwei weitere Monate in Paris bleiben.«

Wolfs Herz krampfte sich zusammen. Noch zwei Monate

in dieser stinkigen Stadt? Schon der Gedanke daran verursachte ihm Atemnot.

»Für *ein* Konzert habe ich bereits zugesagt, es findet übermorgen im Theater de M. Felix statt. Das ist ein Saal im Hause eines sehr bedeutenden Herrn; dort führen sonst die adligen Herrschaften Stücke füreinander auf. Nach diesem Auftritt möchte unser lieber Freund Grimm wissen, ob wir …«

Wolf hörte nicht mehr hin. Eine unbändige Wut stieg in ihm auf. *Noch* länger in Paris bleiben! Am liebsten hätte er die Geige seines Vaters gepackt und sie in hohem Bogen aus dem Fenster geworfen, damit sie im Rinnstein zersplitterte und vom Schmutzwasser fortgetragen wurde. Dann könnte sein Vater nie mehr bei Konzerten spielen!

Wolf rannte in sein Zimmer. Er musste komponieren! Nur so konnte er seine Wut und seinen Kummer loswerden. Er setzte sich an den Tisch, tauchte den Gänsekiel ins Tintenfass und wollte zu schreiben beginnen, da hörte er Schritte. Er drehte sich um. Hinter ihm stand seine Mutter.

»Mein armer Junge«, sagte sie liebevoll und mit so viel Mitgefühl, dass Wolf fast in Tränen ausgebrochen wäre.

Aber er wollte sich nicht noch schlechter fühlen, deshalb nahm er sich zusammen und sagte: »Lass nur, Mama. Ich will komponieren.«

»Ganz sicher?«, fragte sie. Ihre Augen waren groß und traurig. Und besorgt.

»Ja, Mama.«

Nachdem seine Mutter aus dem Zimmer gegangen war, kam Wolf eine Idee, die ihn nicht mehr losließ. Er würde sich verstecken: Übermorgen, wenn sie im Theater de M. Felix auftreten sollten, würde er spurlos verschwunden sein!

Dieser Plan ließ ihn ein wenig ruhiger werden, sodass er endlich die Musik aufschreiben konnte, die ihm durch den Kopf ging. Er wischte sich die Tränen von den Wangen. Die Tinte an der Feder war mittlerweile getrocknet und körnig geworden. Mit einem feuchten Tüchlein rieb er sie ab. Dann begann er zu schreiben. Zum ersten Mal schrieb er ein richtiges Lied. Es wurde die traurigste Musik, die er bisher komponiert hatte. Er hörte Stimmen zu den Instrumenten, dramatische Stimmen, die rastlos umherirrten, auf der Suche nach ihrem vertrauten sicheren Zuhause. Sie suchten unentwegt, aber sie fanden nichts: Immer wieder irrten sie in die falsche Richtung.

Gut eine Stunde später betrachtete Wolf erschöpft, aber zufrieden sein neuestes Werk. Noch einmal griff er zum Gänsekiel und schrieb »Kyrie« darüber. Es war schön geworden, dramatisch und traurig, aber schön.

28

Der Dachboden des Hotel Beauvais war zumindest nicht grün, dafür aber verstaubt und muffig. In der Zugluft bewegten sich zerrissene Spinnennetze hin und her. Wolf schlich auf Socken über den Holzfußboden. Ab und zu blieb er an einem Splitter hängen. Er suchte ein Versteck, in dem keiner ihn finden würde.

Überall stand altes Gerümpel herum. Mehrere Stühle mit verschlissenen Sitzbezügen, ein Tisch mit den Beinen nach oben – weil eins davon fehlte. Wolf versuchte, sich vorzustellen, wie das wohl passiert war. Vielleicht hatten ein paar Gäste des Hauses gerade beim Frühstück gesessen und – rums! – auf einmal brach das Tischbein. Das Milchkännchen fiel um und ergoss seinen Inhalt über den Schoß einer adretten Dame. Und die Spiegeleier landeten im Gesicht eines Kindes, das wie am Spieß zu kreischen anfing. Wolf musste bei der Vorstellung kichern, aber auch, weil er ziemlich nervös war. War es denn vernünftig, was er vorhatte? Sein Vater würde bestimmt zornig werden.

Wolf sagte sich, dass sein Vater doch schließlich selbst schuld war. Immer wieder hatte er gesagt, sie gingen nach Salzburg zurück, und nie hatte er sich daran gehalten. Auf diese Weise würden sie nie mehr nach Hause kommen und für alle Zeiten mit der Kutsche durch Europa streifen – ein Leben lang auf Weltreise sein.

Wolf genoss zwar die Auftritte und freute sich jedes Mal über den Applaus. Viel wichtiger war ihm aber die Musik selbst. Musik schreiben und spielen – das tat er doch nicht für all die vielen fremden Menschen, das tat er für sich selbst, weil es ihn so glücklich machte. Und weil er manches mit Musik ausdrücken konnte, für das er niemals Worte gefunden hätte.

Endlich fand er ein passendes Versteck. Ganz in der Nähe eines Dachfensters standen zwei Truhen übereinander. Wolf zwängte sich zwischen die Truhen und die Wand. Wenn er aus seinem Versteck spähte, sah er eine große Kiste voller alter mottenzerfressener Stoffreste. Ein Sonnenstrahl fiel durchs Dachfenster und Wolf sah darin tausende Stäubchen tanzen. Es war erstickend heiß auf dem Dachboden und der Geruch nach Schimmel und Staub verursachte ihm Übelkeit.

Wolf hoffte, dass ihn hier keiner finden würde. Zugleich versuchte er, den Gedanken daran zu verdrängen, wie lange er hier wohl ausharren müsste und dass er bestimmt bald Hunger und Durst bekommen würde.

Ob seine Eltern und Nannerl ihn schon vermissten? Ob sie womöglich in Panik gerieten und die ganze Stadt nach ihm absuchten? Vielleicht begriff sein Vater dann endlich, dass die Auftritte nicht wichtiger waren als Wolf selbst. Er seufzte. Wahrscheinlich würde sein Vater fuchsteufelswild, und seine Mutter würde sich bestimmt so große Sorgen machen, dass sie um zehn Jahre altern und die ersten grauen Haare bekommen würde. Nannerl wiederum würde weinen, denn als Mädchen konnte sie ja nicht allein auftreten.

Die Turmuhr schlug sechs Mal. In einer Stunde sollten sie im Theater de Monsieur Felix sein. Dort warteten hunderte auf das Konzert.

Halt!, ermahnte Wolf sich selbst. Nicht weiter grübeln! Lieber wollte er daran denken, dass sie bald wieder zu Hause, in Salzburg, sein würden. Dann konnte er wieder in seinem eigenen Bett schlafen und durchs Haus tollen, ohne über etwas zu stolpern oder sich die Knie zu stoßen. Denn ihre Wohnung in der Getreidegasse war groß und geräumig. Im Winter würde er seine Hände an den Holzofen halten, damit sie schön warm wurden und er sämtliche Tonleitern auf dem Cembalo hinauf und hinunter spielen konnte. Und im Sommer würde er wieder im erzbischöflichen Palast auftreten.

Die Zeit verstrich. Wolf wurde allmählich langweilig, so ganz allein auf dem Dachboden. Ob sie ihn wohl schon vermissten? Bestimmt. Wahrscheinlich ging sein Vater unruhig im Zimmer auf und ab. Und seine Mutter hatte gewiss schon hundertmal alle Räume nach ihm abgesucht. Und Nannerl… Nannerl würde immer wieder nach ihm rufen.

Sollte er seinen Plan vielleicht doch noch aufgeben? Nein! Ein einziges Mal wollte er seinen Willen durchsetzen. Ein Mal nur!

Nach endlosem Warten hörte Wolf plötzlich ein schrilles Quietschen. Gleich darauf knarrte es. Er machte sich ganz klein und spürte den eigenen Herzschlag. Da waren Schritte – langsam und bedrohlich. Aber leicht waren sie auch. Das konnte nicht sein Vater sein. Ein Scharren. Dann Stille. Wieder das Knarren der Bodenbretter. Schritte. Immer näher…

Auf einmal hörte Wolf noch etwas anderes. Ein leises Schaben kam aus der Kiste mit den Stoffresten. Beherzt beugte Wolf sich vor und griff danach.

»Uaaah!«, schrie er entsetzt. Direkt vor seiner Nase sprang eine Maus aus der Kiste. Raschel-raschel-raschel – und weg war sie. Im Nichts verschwunden.

»Wolf!«

Ach du Schreck! Das war Nannerls Stimme. Sekunden später stand sie vor ihm. Sie musterte ihn, wie er da in seltsamer Haltung zwischen den Truhen, der Wand und der Kiste hockte.

Nannerl kicherte.

»Pssst!«, machte Wolf.

»Was tust du denn hier? Wir suchen dich schon seit Stunden!«

Fein, dachte Wolf. Seine List hatte also gewirkt.

»Wölfchen, du kleiner Dummkopf!«, flüsterte Nannerl verschmitzt. »Wir müssen doch auftreten, komm!«

»Das ist es ja gerade«, sagte Wolf kläglich.

Nannerl sah ihn verständnislos an.

»Ich trete nicht auf!«

»Was sagst du da?«

»Ich will nicht, Nannerl. Ich will wieder nach Salzburg. Und ich denke überhaupt nicht daran, hier in Paris noch einmal aufzutreten.«

Nannerl schwieg und dachte ernsthaft nach. Das sah man an ihrem Blick. Am Blick mit der Zitrone im Mund. So guckte sie auch, wenn sie ein schwieriges Stück spielte.

»Sag Papa bitte nicht, dass ich hier bin.«

»Aber Wolf, das geht doch nicht. In einer knappen halben Stunde müssen wir im Theater de M. Felix sein. Sebastian wartet schon mit der Kutsche. Wenn du jetzt mitkommst, sind wir noch rechtzeitig dort. Bitte! Papa wird sonst rasend vor Wut.«

Wolf schüttelte den Kopf, obwohl er Angst in sich aufsteigen fühlte.

»Dann machen wir es anders«, schlug Nannerl vor. »Wie wäre es, wenn ich jetzt zu Papa gehe und ihm sage, dass du nur dann auftrittst, wenn wir gleich danach nach Salzburg zurückkehren? Falls er nicht damit einverstanden ist, verrate ich nicht, wo du bist. Dann muss Papa nämlich Herrn Grimm sagen, dass er alle Konzerte abblasen muss. Was hältst du davon?«

Hmmm, die Sache war nicht einfach. Wenn Wolf sich noch länger versteckt hielt, würde der Vater ganz gewiss ungeheuer zornig. Aber andererseits konnte er auch stur sein. Ob er sich auf Nannerls Vorschlag einließ?

»Wolf, ich möchte doch auch so gern wieder nach Hause. Ich hab großes Heimweh. Hast du das gewusst?« Ihre Augen wurden feucht.

Nein, das war Wolf noch nie in den Sinn gekommen. Dass Nannerl gern wieder nach Salzburg wollte, hatte er wohl gewusst, aber Heimweh – nein, das hätte er bei seiner großen Schwester nicht vermutet. Womöglich hatte seine Mutter ja auch hin und wieder Heimweh. Dann wären sie schon zu dritt und würden ihren Vater gewiss umstimmen können.

Nannerl richtete sich auf. »Ich sag Papa auch, dass ich unbedingt nach Hause will.«

»Einverstanden«, antwortete Wolf.

Als Nannerl davongerannt war, starrte er eine ganze Weile vor sich hin. Die Anspannung war so stark gewesen, dass ihm alle Glieder wehtaten. Von Erleichterung war noch nichts zu spüren. Was, wenn sein Vater nun vor Wut toben würde?

Es schien Stunden zu dauern, bis Wolf wieder das schrille Quietschen der Dachbodentür hörte. Inzwischen hatte er sich vor die Truhen auf den Boden gesetzt. Seine Hose war voller Staub, aber das war ihm egal. Da tauchten hinter den alten Stühlen Nannerl und sein Vater auf. Mit schnellen Schritten kamen sie auf ihn zu.

Jetzt stand sein Vater direkt vor ihm. Wolf machte sich auf eine saftige Ohrfeige gefasst. Doch stattdessen legte ihm sein Vater die Hand auf die Schulter und sah ihn mit müden Augen an. »Du bist mir vielleicht ein Halunke!« Er schwieg einen Moment. »Wolf, ich habe mir das Lied angesehen. Dein Kyrie. Jetzt ist mir klar, wie du dich fühlst. Komm mit! Morgen brechen wir nach Salzburg auf!«

29

Über viele Umwege reisten Wolf und seine Familie nach Salzburg, denn unterwegs mussten noch in etlichen Städten öffentliche Konzerte gegeben werden: in Dijon, Lyon, Genf, Zürich, Augsburg… Wenn Wolf daran zurückdachte, wurde ihm schwindlig. Aber ausgemacht hatte es ihm nicht viel, denn mit jedem Auftritt kamen sie seinem Zuhause ein Stück näher.

Und dann, Ende November 1766, war es so weit. Sie hatten die Nacht in der Kutsche zugebracht. Immer wieder waren sie aus ihrem Dämmerschlaf hochgeschreckt, weil die Räder durch Löcher in der Straße rumpelten.

Noch zehn Kilometer. Noch acht. Noch vier. Seltsam… Je näher sie Salzburg kamen, desto mehr zog sich der Weg in die Länge. Im Osten schimmerte das erste Morgenrot am Himmel.

Endlich hatten sie Salzburg erreicht! Wolf vergaß, dass seine Beine und sein Rücken völlig verkrampft waren und er kaum noch sitzen konnte. Salzburg! Es duftete nach Tannen, nach Erde und nach welkem Laub – nach Nie-mehr-etwas-Müssen. Dass Sebastian laut und falsch »pom-pi-dom-pi-dom« sang, störte Wolf nicht im Geringsten. Selbst wenn der polternde Grimm mit in der Kutsche säße, hätte ihm das nichts ausgemacht. Denn er war fast zu Hause!

Er spürte ein aufgeregtes Kribbeln im Bauch. Es war so herrlich, wieder die vertraute Umgebung vor Augen zu haben. Die Schlösschen, die von den Hügeln grüßten, und die mächtige Festung, die hoch über der Stadt thronte und über sie wachte.

Ächzend überquerte die Kutsche eine Holzbrücke über die Salzach. Wolf sah den Fluss dahinströmen. Nun war es nicht mehr weit bis zu ihrem Haus in der Getreidegasse.

Sie fuhren am Café Staiger mit seiner hübschen Fassade vorbei. Dort hatte Wolf oft mit seinem Vater und Nannerl dampfenden Kakao getrunken, wenn es draußen eisig kalt war. Die prachtvollen Wände mit Intarsienarbeiten aus Holz hatte Wolf manchmal aus Langeweile ganz genau betrachtet.

Und wenn Wolf am Café Staiger vorbeigekommen war, hatte er manchmal die Gäste drinnen so laut singen hören, dass die Fensterscheiben klirrten.

Wolf war ganz leicht zumute, als würde er schweben.

Der prächtige Dom wurde von den ersten zaghaften

Strahlen der Novembersonne beleuchtet. Die Uhr mit den goldenen Zeigern verriet, dass es halb acht war. Gleich darauf läuteten die Kirchenglocken – wie zur Begrüßung. Sie passierten den Dom. Jetzt war die Getreidegasse gar nicht mehr weit.

Und dann – endlich! – tauchte ihr Haus auf. Das hohe gelbe Haus mit den vielen Fenstern in ordentlichen Fünferreihen, die Wolf großäugig anzuschauen schienen. Ganz so als staunten sie, dass die Mozarts nach langer Zeit doch wieder zurückgekommen waren. Wenn ich das Haus wäre, überlegte Wolf, dann hätte ich gedacht, wir sind schon längst tot. Wer bleibt denn auch so lange weg? Wolf musste kichern.

»Was ist, mein Schatz?«, fragte seine Mutter. Ihre Augen leuchteten.

»Ich hab gerade was Komisches gedacht«, sagte Wolf.

Nannerl stupste den Bruder in die Seite. »Das machst du öfter, stimmt's?«

»Gar nicht wahr!« Wolf stürzte sich auf seine Schwester und kitzelte sie durch: am Hals, unter den Armen und an den Seiten.

Nannerl kreischte los.

Nun mussten auch die Eltern lachen.

»Guckt mal«, sagte der Vater. »Da ist unser Freund Hagenauer.«

Wolf hörte sofort mit Kitzeln auf und sah aus dem Kutschenfenster.

Herr Hagenauer trat soeben aus der Tür seiner Spezereienhandlung.

Kaum waren sie ausgestiegen, rannte Wolf auf ihn zu und fiel ihm um den Hals. Ganz tief atmete er den würzigen Duft ein, der in Hagenauers Joppe hing.

»Ich habe euch schon erwartet«, lachte Herr Hagenauer. Er drückte Leopold die Hand, umarmte Nannerl und die Mutter und sagte: »Die Tücher habe ich bereits von den Möbeln genommen, damit ihr euch gleich wieder zu Hause fühlt.«

Wolf lief zum Eingang. Seine Schritte hallten wie dumpfe Trommelschläge durchs Treppenhaus. Er stürmte in die Wohnung, rannte von einem Raum in den anderen und genoss das vertraute Knarren der Bodendielen. Keuchend kam er im Musikzimmer an: Da stand es an seinem Platz am Fenster: das Cembalo!

Auf einmal sagte jemand hinter ihm. »Die Burleska. Ich möchte die Burleska hören, mein lieber Wolf.«

Blitzschnell drehte Wolf sich um. Da standen seine Eltern und Nannerl und… Herr Schachtner! Sein Gesicht wirkte irgendwie verändert, er hatte mehr Falten bekommen. Aber die Augen blickten so warm und freundlich wie eh und je. Wolf warf sich in seine Arme. »Ich hab Sie so vermisst!«

»Und ich dich!«, klang es herzlich und vertraut. »Tu mir das nie mehr an! Dreieinhalb Jahre auf Weltreise!«

»Nein, Wolf«, sagte sein Vater. »Das darfst du nie mehr tun.«

Alle lachten.

»Die Burleska!«, sagte Herr Schachtner noch einmal zu Wolf.

»Ich hab in der Zwischenzeit viel schwierigere Stücke geschrieben.« Stolz sah er Herrn Schachtner an.

»Trotzdem, ich möchte die Burleska hören!«

Da lief Wolf zum Cembalo, legte die Finger auf die Tasten und spielte die Burleska. Das Stück passte wunderbar zu dem Glücksgefühl, das ihn durchflutete. Es hüpfte und tanzte. Überzeugender hätte Wolf seine große Freude, wieder zu Hause zu sein, nicht zum Ausdruck bringen können.

Nachwort

Diese Geschichte entspricht im Großen und Ganzen der Wahrheit. Ein paar Dinge allerdings habe ich notgedrungen verändert oder mir ausgedacht, beispielsweise Wolfgangs immer stärker werdendes Heimweh, die Erinnerung an die Haydn-Symphonie, zu der sein Vater und Herr Schachtner ihn an seinem siebten Geburtstag mitnahmen, das Verstecken auf dem Dachboden des Hotels Beauvais usw.

Diese Änderungen habe ich bewusst vorgenommen, weil zu viel Information meiner Ansicht nach nur Verwirrung stiften und den Erzählfluss bremsen würde. Zudem wollte ich kein Nachschlagewerk über Mozart schreiben.

In den Büchern über Mozart, die ich gelesen habe, fanden sich manchmal widersprüchliche Angaben, sodass ich auswählen musste. In solchen Fällen habe ich die Variante gewählt, die mir selbst am besten gefiel.

Nachstehend folgen einige Zitate aus dem Buch »Mozart. Briefe und Aufzeichnungen«[1]. Sie stammen aus Briefen, die Leopold Mozart an Herrn Hagenauer schrieb, während er mit seiner Familie durch Europa reiste. Nach jedem Zitat in Kursivschrift folgt eine kurze Erläuterung:

(Wasserburg, den 11. Juni 1763)

Der Rosslehner bittet, daß Sie es möchten in seinem Haus melden lassen, daß er den künftigen Erchtag abends nach Hause zu kommen hoffet: denn morgen abends, wen gott will, werden wir hoffentlich in München seyn. folglich wird er wohl mit den leeren Pferden in 2 tägen nach Hause reitten.

In meiner Geschichte ist Sebastian Winter der einzige Reisebegleiter der Familie Mozart. In Wirklichkeit kümmerte er sich um das Gepäck – wie in der Geschichte geschildert –, hielt die Kleidung der Familie in Ordnung und frisierte Mozart vor seinen Auftritten, aber für die Pferde und das Lenken der Kutsche war er nicht zuständig.

Zu Mozarts Zeit gab es übers ganze Land verteilt Kutschenstationen, wo man die gemieteten Pferde wechseln konnte und oft auch einen neuen Kutscher für die Weiterreise engagierte. Das klappte nicht immer auf Anhieb:

[1] Gesamtausgabe, Band 1: 1755–1776, herausgegeben von der Internationalen Stiftung Mozarteum Salzburg, gesammelt und erläutert von Wilhelm A. Bauer und Otto Erich Deutsch. Bärenreiter, Kassel/Basel/London/New York 1962

(Ludwigsburg, den 11. Juli 1763)

Nun weiter. Mein Umstand ward nun dadurch böser oder schlimmer, weil der Herzog alle Pferde von der Post und den Lehngutschern weg hat. ich bin also gezwungen heute noch hier zu bleiben; und eben da ich schreibe, geschieht solches mit beständig unterbrochener bemühung Pferde aufzutreiben, da ich alle Egge und Winkel von Ludwigsburg ausschicke um Pferde aufzutreiben.

(Paris, den 8. Dezember 1763)

Wir kamen also den 10.ten Novb: in dem Hôtel des Comte Van-Eyck[1] an, und trafen zu gutem Glücke den Herrn Grafen und die Comtesse zu Hauße an, die uns freundlichst empfingen, und uns ein Zimmer anwiesen, wo wir gelegen und gut wohnen. Wir haben den Flügel der Frau Gräfin in unserem Zimmer, weil sie solchen nicht nöthig hat…

In meiner Geschichte wohnen die Mozarts sowohl beim ersten wie auch beim zweiten Parisaufenthalt im Hotel Beauvais. Es handelte sich in Wirklichkeit nicht um ein Hotel, sondern um den Wohnsitz des Grafen van Eyck[2].

Beim zweiten Mal wohnte die Familie Mozart aber woanders: Grimm hatte ihnen eine Unterkunft besorgt, über die

[2] *Bayrischer Gesandter* in Paris. Seine Frau war die Tochter von Georg Anton Felix Graf von Arco, Oberstkämmerer in Salzburg. Sie wohnten im Hôtel Beauvais in der Rue Saint-Antoine.*

Leopold sich nicht näher auslassen wollte, weil er sich anscheinend ein wenig dafür schämte.

(Paris, den 1. Februar 1764)

... das Ausserordentlichste aber schien den H: H: Franzosen, daß au grand Couvert, welches am neuen Jahrestage nachts ware, nicht nur uns allen bis an die könig: tafel hin mußte Platz gemacht werden; sondern, daß mein H: Wolfgangus immer neben der Königin zu stehen, mit ihr beständig zu sprechen und sie zu unterhalten und ihr öfters die Hände zu küssen, und die Speisen, so sie ihm von der tafel gab, neben ihr zu verzehren die Gnade hatte.

Die Königin spricht so gut teutsch als wir. da nun aber der könig nichts davon weis; so verdollmetschte die königin ihm alles was unser Heldenmütiger Wolfg: sprach. bey ihm stand ich: auf der anderen seyte des königs, wo an der seyte der M: Dauphin und Mad[le]*: Adelhaide saß, stand meine Frau und meine tochter.*

Dass Wolfgang in meiner Geschichte während des königlichen Banketts in Versailles neben der Königin sitzt, entspricht also nicht der Wirklichkeit. Hier habe ich etwas übertrieben. Zudem fanden die Konzerte damals sehr wahrscheinlich *nach* dem festlichen Abendessen statt.

(Paris, den 4. März 1764)

Am 3.ten *ist unser Bedienter Sebastian Winter von hier mit der Landkutschen über Strassburg nach Donaueschingen abgegangen. Er ist als Friseur in die Dienste des t: d: Herrn Fürsten von Fürstenberg getreten, und ich habe einen anderen Friseur nahmens Jean Pierre Potivin aufgenommen, er spricht auch gut Teutsch und Französisch, denn er ist in Elsass Zabern gebohren.*

(In London hat Leopold noch einen zweiten Diener engagiert, einen Italiener namens Ponta, der schon acht Mal die Überfahrt gemacht hatte und daher alles für die Mozarts organisierte und Verhandlungen führte.)

In meiner Geschichte steht Sebastian Winter die ganze Reise über im Dienste der Familie Mozart, weil es nur verwirren würde, wenn plötzlich ein anderer Bediensteter auf der Bildfläche erschiene.

(Paris, den 1. April 1795)

Die[3] *ist ein Saal, in dem Hause eines vornehmen Herrn, in welchem ein klein Théâtre stehet, auf dem oft die Noblesse unter sich selbst agiren und Comoedien aufführen, und diesen Platz habe ich durch die Madame de Clermont, die in diesem Hauße wohnet, erhalten.*

Das Konzert im Théâtre de M. Felix in der Rue et Porte Saint-Honoré fand statt, als die Familie Mozart zum ersten

[3] Mit dem Wort »Die« am Anfang ist das Theater de M. Felix gemeint.

Mal in Paris war; ich habe es in meiner Geschichte in die Zeit ihres zweiten Parisaufenthalts verlegt.

(London, den 25. April 1764)

Ich muste für die überfahrt 3 Louis d'or bezahlen, denn ich hatte ein eigenes Schiff, für das man 5 Louis d'or bezahlen muß: ich nahm demnach 4 andere Freunde, die jeder einen halben Louis bezahlte, zu mir…

Dieses Zitat soll veranschaulichen, wie die Familie Mozart von Calais nach Dover reiste.

Aus dem zitierten Brief geht auch hervor, dass die Familie Mozart nicht in einer Pension, sondern im Hause eines Friseurs namens Couzin am Cecil Court, St. Martin's Lane, in London wohnte.

(London, den 28. Mai 1764)

Den 27. aprilis waren wir von 6. bis 9. Uhr bey der Königin und dem König[4] *in S:t James Park in Queens Palace*[5]*, das heist: in St: Jacobs Park in der Königinn Pallast. Wir waren also schon den 5.ten Tag nach unserer Ankunft am Hofe. das present war zwar nur 24. guinée, die wir gleich im herausge-*

[4] *Georg III., damals 27 Jahre alt, verheiratet seit 1761 mit Charlotte Sophie von Mecklenburg-Strelitz. Beide waren große Musikliebhaber; die Königin sang und spielte recht gut Klavier.*

[5] *Buckingham House* (heute: Buckingham Palace)

hen aus des Königs zimmer empfiengen, allein die Gnade, mit welcher so wohl S:e Majestätt der König als Königin uns begegnet ist unbeschreiblich. Kurz zu sagen. beyder gemeinschaftlicher Umgang und beyder freundschaftliches Weesen lies uns gar nicht mehr denken, daß dieß der König und die Königin von Engelland wären; Man hat uns an allen Höfen noch ganz ausserordentlich höflich begegnet: allein diese Art, die wir hier erfahren, übertrifft alle die andern: 8 Tage darauf giengen wir in St: James Park spaziern; der König kam mit der Königin gefahren: und obwohl wir alle andere Kleider anhatten, so erkannten sie uns doch, grüsten uns nicht nur, sondern der König öffnete das Fenster und neigte das Haupt heraus und grüste lachend mit Haupt und Händen im Vorbeyfahren uns, und besonders unsern Master Wolfgang.

(London, den 28. Mai 1764)

Mit einem Worte; das, was er gewust, da wir aus Salzburg abgereist, ist ein purer Schatten gegen demjenigen, was er ietzt weis. Es übersteiget alle Einbildungskraft.

Dieses Zitat soll veranschaulichen, wie stolz Leopold Mozart auf seinen Sohn war.

(London, den 3. August 1764)

Erschrecken sie nicht! allein, bereiten sie nur ihr Herz eine der traurigsten Begebenheiten anzuhören. Vielleicht kennen sie es schon an meiner Schrift in was für Umständen ich mich befinde. Der grosse Gott hat mich mit einer gähen und schweren Krankheit heimgesucht, die zu beschreiben ich zu schwach bin. genug! man hat clystiert, purgirt, und wegen einer starken Inflammation im Halße auch Adergelassen.

Die Familie Mozart war römisch-katholisch. Den Glaubensaspekt habe ich in meiner Geschichte komplett weggelassen.

(Den Haag, den 19. September 1765)

... was für ein Zufall uns nach Holland gebracht: da ich niemals nach Holland, wohl aber nach Mayland und über Venedig nach Haus zu gehen beschlossen hatte. Der Holländische Gesandte in London lag uns vielmahls an nach dem Haag zu dem Prinz von Oranien zu gehen. Allein ich ließ es bei einem Ohre hinein, bey dem anderen wieder hinaus passieren. Wir schickten uns zur Abreiße, und ich dachte so wenig nach Holland zu gehen, daß ich alle unsere Pelze nebst anderen Sachen in einen Coffre nach Paris schickte. Allein, da wir würcklich abgereißet waren und wircklich den 24. Julii aus London abgefahren, so blieben wir einen Tag in Canterbury und bis zu Ende des Monats auf einem Landgut eines Englischen Cavalliers um das Pferdlauffen zu sehen. Der Holländische Gesandte fuhr den nämlichen Tag unserer Abreiße in unser Quartier, und erfuhr, daß wir nach Canterbury zum Pferd rennen abgegangen und so dann Engelland verlassen werden. Stracks war er bey uns, und bath mich um alles nach dem Haag zu gehen, indem die Prinzes-

sin von Weilburg die Schwester des Prinzen von Oranien eine so ausserordentliche Begirde hätte, dieses Kind zu sehen von dem sie so gar vieles gehört und gelesen. Kurz! er und alle sagten mir so vieles, und die Proposition war so gut, daß ich mich um so eher entschlüssen muste, als sie wissen, daß man einer Schwangeren Frauen nichts abschlagen solle.

In »*Mozart, ein Wunderkind auf Reisen*« beschließt Leopold schon in London, nach Holland zu gehen. Die Episode in Canterbury habe ich weggelassen.

Die Mozarts kamen am 11. September 1765 nach Den Haag und stiegen dort in einem Gasthaus mit Namen »La Ville de Paris« ab, das Leopold in seinen Aufzeichnungen als »une très mauvaise auberge« (= eine sehr schlechte Herberge) beschreibt.

In meiner Geschichte wohnen die Mozarts in einer Pension, die im Vergleich zu ihren bisherigen Unterkünften sehr hübsch ist.

(Den Haag, den 5. November 1765)

Ja, ja! ganz gewiß: Homo proponit; Deus disponit.[6] *Ich habe eine sichere Probe davon. Der Mensch kann seinem*

[6] *Der Mensch denkt, Gott lenkt. Wolfgang ist – ohne Nannerl – am 20. September bei Hofe aufgetreten. Und am 30. September hat er, wiederum ohne Nannerl, ein Konzert gegeben.*

Schicksale nicht entfliehen. – – Ich muste wieder meine Neigung nach Holland gehen, um alda meine arme Tochter, wo nicht gar zu verlieren, doch schon fast in den letzten Zügen zu sehen.

…

Allein den 26.ten Abends kam ihr unversehens eine Kälte, daß sie zu Bette verlangte. Nach der Kälte kam die Hitze. Ich sahe also, daß sie das Fieber am Halse hatte.

…

Diese ganze Zeit über war sie schlaffend und wachend niemals bey sich, und sprach immer im Schlaf, bald englisch, bald französisch bald Deutsch, und da sie von unsern Reisen materie genug im Kopfe hatte, so musten wir, bey aller Betrübniß, oft lachen.

Der Fußnote zufolge ist Wolfgang am 20. und am 30. September bei Hofe aufgetreten. Nannerl war damals gerade krank geworden und nicht dabei. In meiner Geschichte tritt Wolf erstmals am 22. Oktober bei Prinz Wilhelm und seiner Schwester Caroline auf. In Wirklichkeit empfing Nannerl am 21. Oktober die Sterbesakramente, bald darauf trat aber, dank Professor Schwenkes Behandlung, eine Besserung ein. In diesem Zeitraum ist Wolf nicht bei Hofe aufgetreten.

Und auch in diesem Fall war es so, dass nicht der Prinz persönlich, sondern vermutlich sein Sekretär die Einladung, bei der feierlichen Einsetzung als Statthalter ein Konzert zu geben, aussprach.

(Paris, den 16. Mai 1766) (zu den Feierlichkeiten in Den Haag)

Es sind noch zweyerley Variationen auch in dem nämlichen Paquet, die der Wolfgang: über eine Arie[7] */: die zur Majorennitet und Installation des Prinzen gemacht worden :/ hat verfertigen müssen: und die*[8] *er über eine andere Melodie, die in Holland durch aus von jedermann gesungen, geblasen und gepfiffen wird, in der Geschwindigkeit hingeschrieben. – – Es sind Kleinigkeiten!*

In meiner Geschichte denkt Wolfgang sich die Variationen (KV 25) spontan aus und sein Vater ist darüber tief gerührt, er klatscht begeistert Beifall und strahlt vor Stolz.

(München, den 10. November 1766)

Gott /: der für mich bösen Menschen allzugütige Gott :/ hat meinen Kindern solche Talente gegeben, die, ohne an die Schuldigkeit des Vatters zu gedenken, mich reizen würde, alles der guten Erziehung derselben aufzuopfern. jeder augenblick, den ich verliehre, ist auf ewig verlohren. und wenn ich jemahls gewust habe, wie kostbar die Zeit für die Jugend ist, so weis ich es itzt. Sie wissen, daß meine Kinder zur arbeit gewohnt sind: sollten sie aus Entschuldigung daß eines das andre verhindert sich an müssige Stunden gewöhnen, so würde mein ganzes gebäude über den Haufen fallen…

[7] *Köchel-Verzeichnis* 24*

[8] *KV 25, 7 Variationen für Klavier über »Willem van Nassau«*

Diese Zeilen verdeutlichen Leopolds großen Ehrgeiz, was seine Kinder angeht.

Unterwegs in der Kutsche erteilte Leopold seinen Kindern Unterricht in Erdkunde, Rechnen, Fremdsprachen usw. Daher sprach Wolfgang etwas Englisch und Französisch.

In meinem Buch sprechen alle die gleiche Sprache. In Wirklichkeit war es so, dass die englische Königin Charlotte und die französische Königin Marie Deutsch sprachen.

Schließlich habe ich für mein Buch noch eine Auswahl unter den Stationen der Reise getroffen. Hätte ich sie alle einbeziehen wollen, hätte ich ein Buch mit mindestens 700 Seiten schreiben müssen. Damit die Orte und Städte, in denen die Familie Mozart Station machte, zumindest einmal vollständig genannt sind, zähle ich sie nachstehend auf: München, Augsburg, Ludwigsburg, Schwetzingen, Heidelberg, Mannheim, Mainz, Frankfurt, Koblenz, Köln, Aachen, Lüttich, Brüssel, Paris, London, Dünkirchen, Lille, Gent, Antwerpen, Moerdijk, Rotterdam, Den Haag, Amsterdam, Mecheln, Paris, Dijon, Lyon, Genf, Lausanne, Zürich, Winterthur, Schaffhausen, Donaueschingen, Ulm, Dillingen, Augsburg, München und Salzburg.

Und das alles per Kutsche. Armer Wolfgang!

Sanne de Bakker

Glossar

Begriffe, die im Text mit einem Sternchen versehen sind, werden hier erklärt.

Adagio – Musikstück in langsamem Tempo
Akkord – Zusammenklang von drei oder mehr Tönen
Alkoven – in die Wand eingebaute Bettnische
Altvioline – große Violine, die den Altpart spielt (auch Viola oder Bratsche genannt)
Antichambre – Vor- und Warteraum; hier wurden in Versailles immer die königlichen Bankette abgehalten (es war also ein ziemlich großer Raum)

Bankett – offizielles Festmahl
Boulevard – breite Prachtstraße, oft von Bäumen gesäumt
Brasserie – Bierlokal, in dem auch einfache Mahlzeiten angeboten werden
Burleska – (auch Burleske) komisches Musikstück

Cembalo – eine Art Klavier mit Saiten zum Anreißen; drückt man eine Taste, so reißt ein Federkiel die Saite an

Duo – Musikstück für zwei Instrumente

Eckard, Johann Gottfried – deutscher Komponist und Cembalospieler, der auch in Paris tätig war; 1763 veröffentlichte er sechs Sonaten

Erzbischof – Bischof der Hauptstadt einer Kirchenprovinz

Fantasieren – s. improvisieren

Fliegender Händler – Straßenhändler, der mit einem Korb voller Waren von Ort zu Ort zieht

Gesandter – Abgeordneter eines Landes (Staates)

Improvisieren (fantasieren) – musizieren ohne Noten zu einer bestimmten Melodie

Kantate – Singstück, oft von Instrumenten begleitet

Klavier – Sammelbegriff für Tasteninstrumente wie Piano (Klavier), Flügel, Spinett, Cembalo und Klavichord

Komponieren – Musik schreiben

KV – Köchelverzeichnis, ein von Ludwig Ritter von Köchel zusammengestelltes Verzeichnis sämtlicher Werke Mozarts

Menuett – mäßig schneller Tanz, oft dritter Teil (Satz) einer Sonate oder Symphonie

Part – auch: Partie; (Sing)Stimme

Pianoforte – veraltetes Wort für Klavier, aber auch Hammerklavier – wörtlich bedeutet es »leise – laut«; damit wird ausgedrückt, dass man auf dem Instrument leise und laute Töne anschlagen kann (beim Cembalo ist das nicht möglich)

Presto – sehr schnelles Musikstück

Robe – offizielles Gewand von u. a. Geistlichen

Schankraum – altes Wort für den Raum des Wirtshauses, in dem alkoholische Getränke ausgeschenkt werden

Sonate – Musikstück für eines oder mehrere Instrumente, aus mehreren Teilen (Sätzen) bestehend

Spezereienhandlung – altes Wort für Gemischtwarenhandlung (Spezereien sind Gewürze)

Stakkato – kürzer und härter als sonst gespielte Noten

Statthalter – Vertreter der Regierung eines Landes oder Landesteils

Stillleben – Gemälde, das Dinge des täglichen Lebens zeigt (Blumen, Früchte, Gefäße usw.)

Symphonie – Musikstück für ein Orchester mit u. a. folgenden Instrumenten: Flöten, Oboen, Klarinetten, Hörner, Trompeten, Posaunen und Geigen (Violinen)

Transponieren – in eine andere Tonart umsetzen
Treckschute – Schleppkahn
Triller – musikalische »Verzierung« aus Haupt- und oberer Nebennote, die in schneller Folge wechseln
Trio – Musikstück für drei Instrumente

Variation(en) – Veränderung(en) einer Melodie
Violine – anderes Wort für Geige

Wilhelmus – das Wilhelmus-Lied ist seit 1932 die niederländische Nationalhymne, die bei offiziellen Anlässen gespielt wird

Zeremonienmeister – Person, die für andere Feste und Feierlichkeiten organisiert

Brian Selznick

Die Entdeckung des Hugo Cabret

544 Seiten ISBN 978-3-570-22118-1

Hugo Cabret, seines Zeichens Waisenjunge, Dieb und Wächter der Uhren, lebt verborgen in den Gemäuern des Pariser Bahnhofs. Niemand weiß von ihm, dem Jungen, der alles im Blick behält und sich doch allen Blicken entzieht. Bis ein kühnes Mädchen und ihr Großvater auf ihn aufmerksam werden. Schlagartig ist in Gefahr, was Hugo so sorgsam hütet: seine geheime Existenz – und damit die rätselhafte Zeichnung, das liebevoll aufbewahrte Notizbuch und der mechanische Mann. Jene Dinge, die den Weg zu seinem faszinierenden Geheimnis weisen ...

5468

cbj

www.cbj-verlag.de

Geraldine McCaughrean

Peter Pan und der rote Pirat

320 Seiten, ISBN 978-3-570-21962-1

Die inzwischen erwachsenen »verlorenen Jungs« werden von Nimmerland-Träumen heimgesucht – wochenlang. Und so beschließen sie, dorthin zu reisen, um herauszufinden, warum es scheinbar nach ihnen ruft. Mit ein paar kleinen Tricks gelingt es ihnen tatsächlich, in kindlicher Gestalt nach Nimmerland zu fliegen. Als sie mit Peter Pan Hooks verlassenes Schiff samt einer Schatzkarte finden, geht es auf abenteuerliche Entdeckungsfahrt.

5413

cbj

www.cbj-verlag.de